ルエル
Ruel
ミレリナ
Milerina

シファ
Shifa
リーネ
Rene

「シファくんっ！
大丈夫っ？　怪我は？
してない……よね？
大丈夫だよね？」

ローゼ
Rose

1
An Yoshida
吉田杏
Illustration
スコッティ
scottie
姉に言われるがままに特訓をしていたら、とんでもない強さになっていた弟
～やがて最強の姉を超える～

CONTENTS

目次

#1　英才教育

『冒険者になりたいなら、これぐらい出来なきゃ駄目よ？』

頭の中で反響する、姉の声。

この世界の誰よりも美しくて、俺の大好きな姉。そんな姉の言葉を心に刻み込んでから、目の前の巨大な岩に向かって、剣を振り抜いた。

「とりゃぁぁぁぁぁぁぁっ!!」

しかし。

「――ふぉわあ!!」

結果……俺の振り抜いた剣は、硬い岩肌に阻まれ、甲高い音と共に、手の中から弾かれた。

衝撃で手首が痺れて痛い。

「はぁ」

――ドサリとその場に座り込み、傍らに視線を向ける。

ソコには、俺の斬りかかった岩の倍はあるであろう大きさの岩が、綺麗に一刀両断された姿で転がっている。

姉がやった物だ。

「冒険者は皆、こんなことが出来るのか……」

俺の冒険者への憧れは、より一層大きな物へと変わっていく。

◇◇◇

『冒険者になりたいなら、これぐらい倒せなきゃ駄目よ？』

美しい声色の姉の言葉を心に刻み込んでから、目の前の怪物《モンスター》を見上げた。

な、なるほど。冒険者という奴は、こんな怪物だって簡単に倒してしまうのか……。

ギョロリとした鋭い眼光に、巨大で逞しい体躯。触れば怪我してしまいそうな表皮に、翼。

竜《ドラゴン》ってやつだ。

姉は『竜を見たらすぐに逃げなさい』と以前言っていたが、冒険者にとっては取るに足らない存在なのだろうか？

すぐソコには、目の前の竜よりも一回り大きい竜が息絶え、地に伏している。

姉が倒した竜だ。

俺の冒険者への憧れは、猛烈な物へと変わった。

◇◇◇

俺は人里から少し離れた場所で、姉と二人で生活している。

二人だが、何不自由ない生活をさせてもらえている。と言うのも、姉が冒険者で、俺を養ってくれているからだ。

冒険者とは何なのか、俺はいまいちよく分かっていないが、たまに街に出た時にソレっぽい者を見かけるし、耳にもする。

～が遂に～を討伐した。とか、～が遂に～に昇格した。とかだ。

街で見かける冒険者は皆、楽しそうで、生き生きとしていた。

冒険者を見ている内に……俺は冒険者になりたいと、思うようになっていた。

そして――

「ロゼ姉！　俺も冒険者になりたい！」

「えぇ!?」

唐突な俺の告白に、我が姉、ローゼ・アライオンが目を丸くしている。

「え、えっと……その……え、えぇぇ!?　本気?」

普段は冷静な姉が、ここまで取り乱すのも珍しい。

オロオロと金色の髪を揺らし、鮮やかな黒い瞳は泳いでしまっている。

やはり、冒険者とは誰でもなれるようなものでは無いのだろうか?

だが、俺もいつまでも姉に頼ってばかりではいけないし、いつかは自立して、一人で生きていかなければならない時が来る。

俺の決意は固い。

そう熱烈に伝えると、姉はしぶしぶと俺が冒険者を目指すことに納得してくれたのだが――

「分かったよシファ君、でも、冒険者になりたいのなら――」

◇◇◇

と言うのが一年前の話なんですが……。

俺は未だに巨大な岩を一刀両断することは出来ないし、竜を一人で討伐することも出来ない。

いつも、竜に戦いを挑み死にそうになる所に姉が助けに入ってくれた。

あの恐ろしく強い竜を簡単に倒してしまう姉の姿を見て、俺はますます姉に憧れたのだ。

しかし何故なのか、姉は俺を助ける度にいつも――

『どうだった？　シファ君！　お姉ちゃん凄いでしょ？　更に好きになった？　ねぇ？』

と必要以上に自慢してくる。

確かに凄いし、姉のことは好きなので、素直に答えると――

『ぐっ……流石私のシファ君……めんこい、でも冒険者になりたいのなら誰よりも強くないと駄目！』

と。

そして——

少し離れた場所に立つ姉。その右手には、豪華な装飾の施された長い槍が握られている。

……なるほど、今日は槍か。

「さぁシファ君！　冒険者になりたいのなら、私くらいとは互角に戦えなきゃ駄目なんだからね！」

これが一番難しいのだ。

◇◇◇

「シファ君……ここはね、『炎帝の渓谷』って言う、凄い怖い所なの。怖い魔物がうじゃうじゃいて、とても危険。冒険者じゃない人は滅多に寄り付かない所」

姉に冒険者になることを許してもらうための特訓に明け暮れて数年。

姉に連れられてやって来た場所は、激しく燃え盛る渓谷だった。

丘の上から見下ろしてみても、谷の底がどうなっているのかは分からない。

いったいどんな原理で燃えているのか、全く想像が出来ないが、俺はあまりにも『世界』を知らない。

冒険者になれば、そんな『世界』をいくらでも見ることが出来るのかと思うと……ますます俺の冒険者への憧れは強い物へと変わる。

だが、姉からの、俺が冒険者になる許可は……まだ下りない。

許してはもらえたが、まだ駄目らしい。

そして今日も――

「冒険者になりたいのなら、この渓谷の魔物くらいは一通り倒せなきゃ駄目だよ」

どうやら、今日からの俺の特訓場所はこの『炎帝の渓谷』になったらしい。

見るからに恐ろしい場所だ。

これまでの姉との特訓で、俺もそれなりに強くなったつもりでいるが、果たして……。

「……どう？　怖い？　嫌ならやめてもいいんだよ？　シファ君はずっと私が養ってあげるんだから、別に冒険者にならなくてもいいんだよ？」

「それこそ駄目だよロゼ姉。俺も男だ、いつまでもロゼ姉に頼ってばかりではいられない。もしもの時は俺がロゼ姉を護ってやらなくちゃいけないんだ」

「はぅあ！　……わ、わかったよシファ君」

とにかく、俺は冒険者になりたいのだ。

「うぅ……それじゃ頑張ってね。あ、渓谷の奥にある祠《ほこら》には近付かないようにね。あくまでも、谷の魔物を一通り倒せるようになればそれでいいから」

姉は冒険者で、俺の大切な家族だ。

その姉が近付くなと言うのなら、従うだけだ。

「それじゃシファ君、行ってらっしゃい。私は近くで待ってるから、お腹が減ったら休憩に戻ってくるといいよ。そーれ！」

「へ？」

――ポン。と。

優しく、愛のある手で背中を押された。

「えぇぇぇぇぇぇぇぇぇぇぇ!?」

とても綺麗な青空を背景に、美しい姉が笑顔で手を振る姿を見上げながら。

俺は谷へと真っ逆さまに落ちて行った……。

◇◇◇

「シファ君……ここはね『雷鳴の丘陵《きゅうりょう》』って言う、物凄く恐ろしい場所なの。環境は見ての通り最悪で、魔物も狂暴。冒険者か、冒険者が同行していないと立ち入れない場所だよ」

『炎帝の渓谷』で数ヵ月を過ごしてから、俺は姉に連れられて別の場所へやって来ていた。

広く、小山のような台地が連なる丘陵。

ほんの少し前までは、気持ち良い程に晴れていた筈なのに……この場所にやって来た途端、嵐に見舞われている。

姉の話によると、この丘陵の嵐は決して収まることが無いのだと言う。ゆえに『雷鳴の丘陵』と呼ばれているらしい。

どうして俺がここに連れられて来たのかは、もう分かっている。

「冒険者になりたいのなら、この一帯の魔物は簡単に倒せるようにならなくちゃ駄目だよ」

やはりか……。

冒険者になるには、並大抵の努力では駄目のようだ。

『炎帝の渓谷』の魔物は一通り倒し、さらに自信を身に付けた俺だが、それでも姉は首を縦に振らなかった。

今度こそ、必ず――。

◇◇◇

それから、俺は様々な場所へと姉に連れて行かれた。

『炎帝の渓谷』『雷鳴の丘陵』に続き、『氷姫の雪山』『幽闇の古城』と。

今思い返して見ても恐ろしい場所の数々。

冒険者はあんな場所を散策するのが普通なのだろうか？

だが丸一年かけて、俺は姉に言われた通りそこに住む魔物を倒していった。

そして、ようやく落ち着ける我が家へと姉と共に帰って来たのだが――

「よいしょっ！」

机に腰かける俺の目の前に、大量の本が山のように積まれていった。

「冒険者になりたいのなら、強さだけじゃなく知識も、だよ！　より深い知識を身に付けておかないと、冒険者にはなれないんだよ？」

これだけの本を、いったいどこから持ってきたのだろうか。

見たところ、どれも冒険者についての本や、それに関係する本のように見える。

戦闘技術や武器の取扱い、魔力操作など、こと戦闘に関する本が殆どのようだ。

近くの本を手に取ってみる。

『超級冒険者への道のり』

という表題《タイトル》の本だった。

超級とは、おそらく冒険者の階級のような物だろう。

そしておそらく、超級とはかなり上位に位置する階級だ。

「流石にこの本はまだ早いんじゃ……」

最初はやはり、初心者の心得とかそんな物について学ぶべきなんじゃ？

しかし。

「何言ってんのよシファ君。冒険者は皆、頂点を目指すものなんだよ？」

まぁ、分からなくもない。

やるならやっぱり、一番が良いもんな。

でもやっぱり、最初は基本について学ぶのが良いのではないだろうか？

そう思いながら、本の山に視線をさまよわせるが、それらしい表題《タイトル》の本は見つからない。

そしてふと、少し気になる本を見つけ、手に取ってみた。

「『上級冒険者でも足を踏み入れてはいけない危険地帯7選』？　……へー、そんな所もあるのか」

冒険者ですら危険な場所って、どんな所だよ。

あの燃え盛る渓谷や、雷降り注ぐ丘陵に、何から何までが凍てつく山と、おぞましい存在が蔓延《はびこ》る古城よりも危険な場所ってことだよな。

物凄く興味が湧いてしまった。

しかし。

「おぉっとぉ!!　こ、これは違うよ？　間違って紛れ込んだみたい。ごめんごめん。私が預かっとくね」

表紙を捲ろうとした瞬間に引ったくられてしまった。

我が姉でも間違えることがあるとは……。珍しい。

まぁ確かに、まだ冒険者にすらなっていない俺が、上級冒険者ですら危険な場所を知った所で何になる？　って話だしな。

「そ、それじゃシファ君は、ソコにある全部の本を読破するまで外出は禁止だからね。ご飯は私が持って来てあげるから」

魔物との戦闘に明け暮れる日々が終わったかと思えば、今度は勉強浸けか……。

冒険者とは、本当に崇高な存在らしい。

◇◇◇

『俺も冒険者になりたい！』

姉にそう告白してから、四年が経った。

俺のことを一番に想ってくれる姉の言葉は、俺の中では誰よりも、そして何よりも重い。

そんな姉の言葉だから、俺は今日まで耐えた。

俺が冒険者になれる様に、冒険者として生き抜くために最低限必要な実力を、姉は与えてくれたのだ。

今、俺が背を預けている巨大な岩は、綺麗に二つに割れている。

ソコに横たわっている竜は、既にこと切れている。

そして俺の頭には、冒険者として必要不可欠な戦闘についての知識が詰め込まれている。

俺は立ち上がり、前を見た。

「さぁシファ君。どっからでもかかってきなさい。軽く揉んであげるよ」

20歩ほどの距離の位置に、銀色に輝く長剣を片手に立つ姉と俺は向かい合う。

どれだけ巨大な岩を斬ろうと、どれだけ巨大な竜を倒そうと、どんな地獄で生き抜こうと、この姉と互角の戦いをしないと俺を冒険者になることを認めてくれないのだ。

これまで何度挑もうが、俺は成す術《すべ》なく。そう、本当に何も出来ないままに姉に負かされるばかりだった。

　だが、今日こそは――

「うおぉぉぉぉぉぉ!!」

　真っ直ぐに駆けた。

　姉との距離がぐんぐんと少なくなり、姉の姿がより鮮明に、大きくなっていく。

　もうすぐ互いの剣の間合いに入るであろう瞬間、俺は左へ少し体を傾けてから、右へと体を投げ出した。

　左へと一度フェイントを入れての行動だったが、姉の黒い瞳は真っ直ぐに俺を射ぬいている。

　読まれていたらしい。

　だが、ここまで来て今さら止められない。このまま斬り込む。

　それに、俺は既に攻撃動作に入っているのに対し、姉は何の動作にも入っていない。ならば俺の剣が姉を捉えるのを止められないだろう――

　なんて、簡単に考えているからいつも負けてしまう。

　案の定、姉は即座に体を回転させて俺に背中を晒したかと思うと、次の瞬間に俺の視界に入っていたのは姉の剣だった。

「――ぐっ!」

　無理矢理に俺は体を捻り、その姉の攻撃を何とか回避する。

「わっ!　シファ君凄い……」

　という姉の呟きに反応する余裕は俺にはなく、捻った体の勢いをそのまま剣に乗せ、姉へと斬りかかった。

「わわっ！」

初めて姉が慌てた反応を見せた。

それもそうだろう。

姉の右手に持った剣の攻撃を回避し、俺は今、無防備かつ体勢の崩れた姉に向かい剣を振るっているのだから。この攻撃は通る。

「え？」

――ガキィン！　という甲高い音と共に、右手に持っていた剣が弾かれるのが分かった。

「残念でした」

見ると、姉は左手に持った金色の長剣で、俺の攻撃を受け止め、剣を弾いたらしい。

そして、何も持っていない右手が、俺の腹へ優しく添えられる。

そして――

「えいっ！」

「ぐふっ！」

ほんの少しの痛みの後に感じる浮遊感。

姉との距離がみるみる離れていき、やがて背中に伝わってきた衝撃。

どうやら岩まで吹き飛ばされたらしい。

ようやく自分に起こった状況を理解した所で、姉がゆっくりと近付いてきた。

……あぁ、また負けたらしい。

「……大丈夫？」

「あ、あぁ」

これで何度目になるのか、もう分からないな。

ここまできたら、俺は姉に勝つことは未来永劫不可能なのかとさえ思う。

「……まさか二本目の剣を使わされちゃうとはね。うん」

やっぱり俺には、冒険者になる資格なんて無いのだろうか？　このまま一生、姉に護られて、養われて生きていくのだろうか？　たしかにそれも悪くは無いのかも知れないが、俺はもっと『世界』を知りたい。

冒険者になって、色んな経験をしたいのに……。

「……うん。認めるよ。シファ君が冒険者を目指すことを許可してあげる」

「……え？」

姉が口にしたのは、意外な言葉だった。

あれだけあっさり返り討ちにあったにもかかわらず、遂に姉は、俺が冒険者になることを認めてくれた。

「あはは。実は私って、結構冒険者としては強い方なんだよ？　その私相手に、良い線いってたと思うよ？　……多分」

そう話す姉の顔が、どこか寂しげにも見えたのは多分気のせいでは無いだろう。

「それじゃ、私の特訓をやり遂げたご褒美に、私の魔法と技能《スキル》を教えられるだけ教えてあげるよ！　それが済んだら、街へ行って冒険者登録だよ！」

「ありがとう！　ロゼ姉！」

魔法と技能を教える。

それは完全に俺のことを認めてくれた証拠だ。

堪らず俺は、姉に抱き着いてしまっていた。

「ひゃぁ！　ちょっとシファ君!?　ここ外だよ!?」

俺が冒険者になれる時は、もうすぐソコまでやってきていた。

——多分。

＃2　冒険者になるために

「それじゃ御者さん、よろしくお願いします」

姉のその言葉で、俺達の乗り込んだ馬車はゆっくりと動き出した。

街から少し離れた山奥にある我が家から、街へ。これから向かうのだ。

何のために？　決まってる。冒険者になるためだ。

姉の言いつけを守り特訓に励んだ後に、姉の持つ魔法や技能《スキル》を教わっていたのだが、これらを扱えるようになるまでにも相当の月日がかかってしまった。

意外にも、姉の最も得意な魔法は『収納魔法』だと言う。なので姉は、その収納魔法をより念入りに俺へと伝授してくれたのだが、これを極めるのもなかなかに難しかった。

そうこうしている内に月日は経ち、俺は15歳になった。もう立派な成人って訳だ。

もう俺くらいの歳で冒険者になってるやつもいるのだろうか？　もしいるのなら少し悔しい気もする。

けど大丈夫だ。姉はこう言っていた。

『うん！　これならシファ君を冒険者としてどこに出しても恥ずかしくないよ！　きっと大丈夫だ

よ』

そう。俺は冒険者として恥ずかしくない男にまで成長したのだから。後は冒険者になれさえすれば――。

◇◇◇

「シファ君、着いたみたいだよ？」

馬車に揺られることしばらく。

普段は徒歩で街まで向かっている分いつもより早く着いた筈だが、この瞬間が待ち遠しかったため随分長く感じてしまった。

馬車から姉が先に降り、俺を手招きする。

それに従うように俺も馬車から降りた。

「こ、これが……」

俺達が降り立った目の前には大きな建物。

確か、冒険者になるためには冒険者組合という場所で手続きをしなければいけなかった筈。おそらくこれがそうなのだろう。

建物を見上げ、大きな看板に刻まれている文字を読み上げる。

「冒険者……え、訓練所？」

『冒険者訓練所』看板には、そう書かれていた。

「ロゼ姉。場所間違えてんぞ？」

四年も姉と特訓をしたと言うのに、どうして今さら訓練所なんて所に来る必要がある？　そんな必要はない。これは我が姉の珍しいミスだ。

「チッチッチッ。何を言ってるのかな？　何も間違えてないよ？　シファ君はまず、ここで実際に冒険者としての訓練を行うべきなんだよ？　あ、御者さん。もう大丈夫です、ありがとうございました」

馬車に代金を払い帰らせているところを見ると、どうやら本当にここが目的の場所だったらしい。

「シファ君はここで、同じ訓練生と特訓することで、仲間との連係とか相性とかも学ぶべきなんだよ。それも冒険者として必要なことなんだよ？」

……正論だ。

確かに俺がこれまで行ってきた特訓はあくまで個人の実力を上げる物でしかなかった。

冒険者となれば、『パーティー』なる物を組んで複数人一組となり強力な魔物を討伐することもあると言う。

姉との連係には自信があるが、それ以外となると、正直怪しい。

「た、確かに。ロゼ姉の言う通りかも……」

「でしょ？　さっ、ほら早く入って！　必要な手続きとかはもう済んでるから！　始まっちゃうよ？」

「ちょ、ロゼ姉、押すな！」

「さあさあさあ！　入った入った。私のことは気にしないで訓練に励むんだよ！」

背中を押され、半ば無理矢理に建物の中へと押し込まれた。

扉が閉まる寸前に、姉の小さく「頑張って」という呟きに釣られて振り返るも、既に扉は閉まってしまい姉の顔を確認することは出来なかった。

「はぁ……」

さて、姉の決めたことなら仕方がない。

大人しくこの場所で訓練に励むとしよう。

建物の中は、やはり外見通りかなり広いようだ。

見たところ、ここは受付を行う所らしく、すぐソコに受付担当者らしい女性が立っている。

「あの……」

あまり姉以外の人と話したことがないため緊張したが、なんとか声を発することが出来た。

と言っても、さっきの俺と姉とのやり取りを見ていたこの女性は、既に俺に気付いていたみたいだが。

「……あなたがシファ君ね？」

「え？　そうですけど……」

姉と同じ歳程の綺麗な女性。

鋭い目付きだが、どこか優しそうな印象。銀色の短めの髪が特徴的だ。

小さく「付いてきて」と言ってから歩き出したので、俺は黙って付いて行くことにした。

「あなたで最後なのよ。少し遅刻よ？」

「す、すいません」

どうやら俺は遅刻してしまっていたらしい。

姉からは詳しい説明は一切無かったのだが、なんとなくは分かる。

ここは『訓練所』で俺はここに『訓練生』として入所した訳だ。

そして、他にもいるであろう『訓練生』と共に、冒険者としての訓練に励むということだ。

これも、俺が冒険者になるための姉からの条件のひとつということなのだろう。

「……本当はね。本来この訓練所は、誰でも入れる所では無いのよ？　あなたのお姉さんには困ったものよ、ほんと」

歩きながら、そう話す女性。

ため息をついたかと思えば、少し楽しそうな顔を見せる。

というより、姉のことを知っているような口ぶりだが……。

「え、それってどういう……」

「着いたわよ」

少し廊下を歩いた先にある扉の前で足を止める。

「さぁ、あなたも入って」

扉を開けて先に入った女性に案内されるように、俺も足を踏み入れた。

入ったその部屋は、小さな机が数多く並べられ、椅子には俺と同じような歳の男女がそれぞれ腰かけていた。

軽く見回してみて、20人程だ。

皆、『訓練生』なのだろうが、これが多いのか少ないのかは俺には分からない。

「さ、空いてる席に座りなさい」

促されるままに、俺はひとつだけある空席へ向かう。

全員の視線が俺に向けられているのが分かる。怪訝な視線や、珍しい物を見る視線に、少し怒りが含まれている視線。

……遅刻してごめんなさい。

そんな視線の中、俺はなんとか自分の席へと向かうが――

「――うおっ！」

思いっきりスッ転んだ。

転んだ。と言うよりは転ばされた。

突如横から伸びてきた足にひっかかって。

偶然――という訳ではない。明らかに俺の足を狙って故意に伸ばされたものだ。その証拠に……。

「ふんっ！　良い気味ね」

と、なんとも刺のある声が耳に入ってくる。

なんとか地面に両手をつくことで、顔面から地面にダイブすることを回避出来た俺を見下す女。

どうやら、この女が俺に足をひっかけた本人らしい。

「お、おい。危ないだろ？」

「はっ！　なによ。あんたが遅刻したせいで、私達全員待たされることになったんだから、当然の報いよ」

「……だからってな」

「なによ！　さっさと座れば？　あんたとこうして話している時間も勿体ないわよ。時間は有限なのよ？」

それだけ言うと、またしても「ふんっ！」とそっぽを向いてしまった。言いたいことだけ言って、こっちの話は全く聞く耳を持たないらしい。

なんとも高飛車な女だ。

見た目は凄く美人だというのに、このキツい性格が全てを台無しにしてしまっている。

「このっ――」

「はいはいシファ君。そこら辺にして早く座って。リーネさんも、少しやり過ぎよ」

「ふんっ」

少し文句でも言ってやろうと思ったが、俺をここまで案内し、今この部屋の正面に立つ女性に止められてしまった。

この女、リーネという名らしい。

歳は俺と近いだろう。茶色い髪で可愛らしい顔立ちだが、仲良くなれそうには無いな。

我が姉とは大違いの性格らしい。

さらに残念なのは、俺の席がコイツの真後ろだということ。

「はい。それじゃ全員揃ったので、説明を始めるわ」

俺が無事（?）着席したのを確認してから、俺達の正面に立つ女性が話し始めた。

「まず私は、あなた達冒険者訓練生の教官を務める、ユリナ・イグレインよ。よろしくね」

「え?　ユリナ・イグレインって……あの」

「超級冒険者の?」

「凄い……本物?」

と、ユリナと名乗った教官の言葉を聞いた途端、訓練生達が騒ぎ出した。

有名人なのかな?

「ふんっ」

と、俺の前に座っておられる高飛車お嬢様は機嫌が悪いらしい。

「コホン。まぁ一応、現役の冒険者でもあるのだけれど、今日から一年間、あなた達が立派な冒険者になるために私が厳しく指導していくから、そのつもりでね」

待って欲しい。

聞いてない。

一年?　また一年もの間、俺は訓練に励まないといけないのか?　いやそれとも、冒険者になるためにはソレが普通のことなのか?　周りにいるこの訓練生や目の前のムカつくこの女も、俺と同じく長い特訓や訓練をこなして来たのだろうか？　これが……普通、なのか？

『冒険者なら、これぐらい普通だよ？』

はっ！

我が姉の言葉が脳内でフラッシュバックした。

焦っては駄目だな。

ここで俺だけ取り乱せば、皆から舐められてしまうだろう。

『あんた、今さらたった一年の訓練にも耐えられないの？　恥ずかしい男ね』などと目の前の女に言われかねない。それだけは駄目だ。

そう、何故なら俺は――

『冒険者としてどこに出しても恥ずかしくない男』に成長したのだから。

「それではまずは、全員一人ずつ自己紹介をお願いね。自分の名前と、得意な魔法か技能くらいは、最低限お願いね」

◇◇◇

「俺の名はレーグ。魔法は得意じゃねぇな。男ならやっぱり剣術だろ！　俺はこの愛剣メテオフォールで、あのオーガだってぶっ倒したことがあるぜ？」

「「「おぉー……」」」

一人ずつ自己紹介が進んでいく。

皆が、自身の得意な魔法や技能を口にして、中にはこのように過去の武勇伝を話す者がいて、時に感嘆の声が漏れたりしているのだが……。

オーガか。

俺も四年前に討伐したな。

良かった、少なくとも俺の実力はここでは恥ずかしくない程度にはあるのかも知れない。

だが油断は禁物。

このレーグという男が、実は大したことない実力という可能性もある。

現に、今のこの男の言葉に感動した声を上げた者は、そう多くなかった。

実力が下の者を基準に考えてしまっては駄目なのだ。

「私の名はルエル。得意な魔法は『氷』属性。以上よ」

こういった具合に、本当に必要最低限の自己紹介しか行わない者も多い。

自己紹介したからと言って、皆が皆、互いの顔と名前を憶えられる訳ではない。

この自己紹介はあくまでも、これから一年間の訓練を共にする仲間なのだと、互いに認識させる物なのだろう。

「わ、私は……みみみ、ミレリナ……です。えっと、その、特に得意な魔法や技能は……ありません。ごめんなさい！」

まぁ、こういう者もいるだろう。

人と話すのが苦手なのだろう。分かる。俺もあまり人と話すのが得意ではないし。

「ふんっ。無様な女ね」

目の前の女は、気に入らないことがあればいちいち文句を言わなければ気が済まないのだろうか？

文句でも言ってやりたいが、面倒なことになるのが目に見えているので黙っておこう。

そうして、自己紹介は順調に進んでいく。

俺の席は、部屋の正面から見て左端の左奥。

つまり俺の自己紹介は最後なのだが、とうとう自己紹介の順は、俺の前の席にまで回ってきた。

そう――

「次は私の番ねっ！」

いきなり俺に高圧的な態度を取ってきた高飛車な女だ。

悪い意味で興味を持つ俺は、彼女の自己紹介に耳を傾ける。

「私の名は、リーネ・フォレス。あの上級冒険者、セイラ・フォレスの妹よ！」

誰だ？

「「「おぉーー!!」」」

ここで、教官の名を聞いた時に次ぐどよめきが部屋中にまきおこった。

街から離れた場所で姉と二人で暮らし、ここ最近は特訓ばかりだった俺に、セイラと言う名の冒険者が何者なのかは分からないが……。

「お、おぉ……」

一応周りに合わせておく。

「ふふん。私は魔法も基本的には得意だけど、剣術の方が得意ね。そう、技能《スキル》『音剣』で、あのコカトリスだって追い詰めたのよ？　まぁ最後は逃がしてしまったけどね」

周りの反応に気を良くしたのか、すこぶる上機嫌で話し出した。

「あのコカトリスを!?」

「危険指定種だろ？　本当なのか？」

「流石は〝音剣のセイラ〟の妹だな……」

コカトリス……は知らないな。

そんなに強力な魔物なのだろうか？

って言うか、倒してねーじゃん。逃げられてんじゃん。

という感じで、憎きリーネの自己紹介は大成功に終わった。

「さてと」

残るのは俺一人。

大丈夫だ。俺はどこに出しても恥ずかしくない男。シファだ。

「俺の名は――」

静かに立ち、俺は自己紹介を始めようとしたが、思わず言葉に詰まってしまった。

――ゴクリ。

部屋中の皆の視線が俺に集中している。

これだけの人数相手に何か話すなんて経験したことがないだけに、ものすごく緊張する。

皆よくもまぁ平気で話せたものだと、今更ながらに感心してしまう。

だが、何か話さなければこの状況から脱出することが出来ないのも事実。

「お、俺はシファだ」

なんとか絞り出した自分の名前。

勿論、これだけで終わることはできない。最低限の自己紹介を行わなければいけない。

得意な魔法か技能。魔法……技能……。

我が親愛なる姉との特訓を思い出す。

姉の持つ魔法と技能の大半を、姉は俺に伝授してくれた……。

……そうだ、その中でも特に念入りに俺に教えてくれた魔法があったじゃないか。

「俺は姉に色々教えてもらった。その中でも特に念入りに教えてもらった『収納魔法』。それが俺が一番得意な魔法だ！」

よし！　言えた。

姉に叩き込まれた『収納魔法』。これだけは、姉以外の人間に負ける気がしない。

「……収納……魔法？」

どこからともなく声が聞こえてくる。

そうだ。収納魔法だ。

あれだけ姉に教えられて身につけた収納魔法。得意と言えるだけには身に付いているに違いない。

「え？　収納魔法って……あの収納魔法？」

「そうだ。収納魔法だ」

皆が互いに顔を合わせる。

微妙な反応だ。

今の俺の言葉に皆がどんな感想を抱いたのかは、皆の表情からは読み取れない。

だが――

「ぶっ！　おいおいおい！　収納っ魔法って！」

「マジかよ！　何の冗談だ!?　収納魔法くらい俺も使えるって！」

「あっははは。おもしろーい！」

「得意魔法がっ……収納魔法!?　とんだ秘密兵器だなそりゃぁっ!!」

部屋中にまきおこったのは感動でも感嘆でもなく。大爆笑だった。

と言っても、明らかに馬鹿にされている大爆笑だ。

どうやら、姉が俺に教えてくれた『収納魔法』は、人に自慢して良い物ではなかったらしい。

だが、姉は俺に確かに教えてくれた。『収納魔法』の全てを。それも一生懸命に、別に人に笑われようが、俺は何も間違ったことは何ひとつ言っていない。

沸き起こる部屋で、何故か俺はいたって冷静でいられた。

「…………………………」

「わ、あわわわ」

ほとんどの訓練生が大笑いする中で、一部の者は違う反応を見せている。

中でも、青く綺麗な瞳を真っ直ぐ俺に向ける女性、確か名前はルエルだ。

そして、何故かあたふたしている女性がミレリナだった筈。

ミレリナに関しては、おそらく部屋の雰囲気について行けていないだけだろうが、このルエルという女性は何故かどうしても気になってしまう。

なにか、値踏みでもされているかのような……そんな印象を受ける。

「ふんっ！　あんた本気で言ってるの？」

俺の目の前の席に座っていた女、リーネが立ち上がった。

「得意魔法が収納魔法って……。あんた冒険者舐めてるの？　今すぐ帰ったら？　ほんと、そんな奴がどうしてこの場所にいるんだか……」

敢えて人を怒らせる言葉を選んで口にしているかのような口ぶり。

このリーネという女は、本当に性格が悪いようだ。

「はっ。別に人に笑われようが構わない。俺は何も間違ったことは言っていない」

「あんたがこの場所にいるのが、そもそもの間違いよ。遅刻はしてくるし、得意魔法も……誰でも使える収納魔法って、冒険者を馬鹿にしてるとしか思えないわね」

確かに、遅刻してきたことは俺が悪いが、それはもう終わった話なのだが、この女は心底根に持つタイプのようだ。

ともかく、俺の自己紹介はこれで終わりだ。

そう思い、腰を降ろそうとしたのだが――。

「あんたの姉も、たかが収納魔法を念入りに教えるなんて馬鹿なんじゃないの？　他に教える事はなかったわけ？　それとも教えられなかったのかしらね？」

どうしても、その言葉だけは聞き捨てならなかった。

俺は、俺よりも、姉のことを馬鹿にされるのだけは許せなかった。

「おい。取り消せ」

「は？　な、なによ」

「俺の姉を馬鹿にしたことを取り消せよ」

「はあ？　嫌よ。本当のことでしょ？」

「いいから取り消せよ」

「ふんっ！　私はね、私より弱い奴に従うことが一番嫌いなのよ」

「…………」

「…………」

互いに睨み合う。

どうしても取り消すつもりはないコイツと、取り消すまで許すつもりのない俺とでは、どうやらこの話は平行線だ。

「はいはい。そこまでよ二人共」

と、そんな俺とコイツの睨み合いを終わらせたのはユリナ教官だった。

「丁度良いわ。あなた達二人、闘ってみなさい？　どうせ自己紹介の後は、皆の実力を確かめるために軽い模擬戦をやるつもりだったから……丁度良いでしょ？」

模擬戦か。

確かに、それが手っ取り早いのかも知れない。

コイツはさっきの言葉を訂正するつもりは未だに無いようだし、勿論俺も引き下がるつもりは無い。

親愛なる姉を馬鹿にされて、大人しく引き下がるなんて事は出来ない。

たとえ、負けてしまっても、何もしないでいることは出来ない。

「俺は構わない」

「ふんっ！　勿論私だって」

俺達のこの言葉で、部屋中がいっそうの盛り上がりを見せたのは、言うまでもないだろう……。

#3　親愛なる姉

「お、おい。悪いことは言わねぇ、やめとけって。身内を馬鹿にされたのに腹を立てるのは分かるけどよ、相手が悪いって。あの〝音剣のセイラ〟の妹だぜ？　怪我するだけだって」

自己紹介も一段落して、俺達訓練生は場所を移動することになった。

ユリナという教官に連れられて訓練場へと向かっている最中、俺にそう気遣ってくれる男。

確か、名前はレーグだった筈。愛剣メテオフォールでオーガを倒した男だ。

こうしてわざわざ忠告してくれるあたり、悪い奴ではないらしい。

「音剣のセイラってのがどれだけ凄かろうが、俺には関係ない。悪いな、わざわざ忠告してくれてるのに」

何を言っても無駄だと、遠回しに告げる。すると、それ以上レーグは何も言わなくなってしまった。

他の訓練生達は、早く俺達が戦うところを見てみたいらしく、非常に浮かれた表情をしている。

どうやら、ほとんどの者は俺が敗北するものだと決めつけているようだ。

勿論、俺は簡単にやられるつもりは毛頭ない。

せめて、姉を侮辱された分、一発くらいは殴ってやらないとな。

「あなた、名前……なんていうの？」

そして、またしても俺に話しかけてくる者が一人。

「え？　シファだよ。さっき名乗ったろ？」

蒼白い髪を背中まで伸ばす女性。白い肌に、吸い込まれそうになる青い瞳。意味有り気な微笑みで俺を見つめてくる。我が姉に負けず劣らずの美少女だ……。

相変わらず、俺を値踏みするかのような視線に感じる。

「違うわ。姓の方を訊いているのよ？」

「あぁ。アライオンだ。シファ・アライオン」

変な奴だな。

わざわざフルネームを訊ねてくるとは。

「……ふふ。そ、シファ・アライオンね。私はルエル。ルエル・イクシードよ」

「？　あ、あぁ。よろしく」

別に俺は名前なんて訊ねていないが、改めて自己紹介をされてしまう。

非常に魅力的な笑みを向けてくるが、真意が読めない。

変な奴だ。俺のルエルに対しての印象は、そんなところだった。

「じゃ、決闘、頑張ってね。一応応援してるから」

『決闘』などという大それた物でもないのだが、一人でも俺を応援してる奴がいるというのは存外、

気分が良い。

そうこうしているうちに、やたらと拓けた場所に出た。

ここが訓練場なのだろう。

こうして少し歩いてみて分かったが、この冒険者訓練所という場所、外から見る以上に広い造りになっている。

この訓練場なる広場も、かなり広い。ここなら激しい運動も十分可能に思える。

「それではまず、シファ君とリーネさんの模擬戦から始めましょう」

◇◇◇

「ふんっ！　やめるなら今のうちよ？」

離れた位置に俺と対面する形で立つ高飛車女が、剣を片手に言ってくる。

「……お前がさっきの言葉を訂正するならな」

「……ふんっ」

やはり訂正するつもりはないらしい。

「それでは、ルールを確認しておくわ」

俺達の丁度中間の位置に立ったユリナ教官が、口を開いた。

「まず、当然だけど命を奪うのは禁止。そして今後の日常生活に支障が出る負傷を与えるのも禁止よ。以上を破らないのであればどんな魔法、技能も使用可能。自分の武器であればいくつ使用しても構わない。時間は無制限……以上よ」

「勝敗は、どう決めるのよ？」

「どちらかが敗《ま》けを認めるか、戦闘の続行が困難だと私が判断した時ね」

敗けを認める、か。

この高飛車女の自信っぷりから察するに、そこらの同年代の者よりも高い実力を持っているのだろう。

レーグも俺に忠告してきたし、自己紹介の場ではコカトリスという魔物を追い詰めたとも言っていた。

心してかかろう。

「あんた、武器を構えないの？」

「？　あぁ、大丈夫だ」

「はぁ？　舐めてるわけ？」

どちらかと言うとそれは俺のセリフだ。

武器は収納魔法でいつでも取り出せるし、状況に応じて使用する武器は選ぶ。

この女のように予め武器を出しておけば、相手に間合いを予想されるし、対策もされてしまう。

俺はそう姉に教わったのだが……。

「なぁユリナ……教官？」

「武器は予め手に持っておかないと駄目なのか？」

「なにか？」

この模擬戦のルールに、そんな項目が設定されているのなら話は別だ。

反則負けはごめんだからな。

「――？　ふふ。そんな決まりはないわ。ご自由に？」

俺の質問を聞いてなのか、ユリナ教官は一瞬だけ目を細めた。しかし、すぐに軽く肩を竦めながら笑って見せる。

そんな教官の反応が少しだけ気にはなったが、今は目の前の高飛車女に意識を向けることにする。

「……なによ、意味わかんない」

その高飛車女の呟きこそ、俺には意味が分からないが、向こうが手を抜いているのなら好都合。

勝って、手を抜いたことと姉を侮辱したことを後悔させてやる。

「それでは、準備はいい？」

集中しよう。

じっくりと相手のことを観察してみる。

高飛車女の持っている武器は、細い剣だ。細剣ってやつか？

見たところ、力技で押してくるタイプには見えない。

確か、技能《スキル》『音剣』がどうのとか言っていたな、となるとやはり……。

「始めっ!!」

模擬戦開始の合図。

教官のその言葉が耳に届いた瞬間、高飛車女は即座に行動を開始していた。

前方への加速。そしてすぐさまこの女は、俺の懐へと到達していた。

「は、速ぇぇぇえぇ！　なんだあの速度っ」

「これが音剣!?」

本日のメインイベントを、すぐ横で能天気に観賞していた他の訓練生達が、次々に驚愕の声を上げているのが分かった。

そして——

「終わりね……悪いけど私、手加減できないの」

という高飛車女の呟きを一言一句違わず聞き取れる程に、俺は冷静なのだが……その反面、正直困惑している。

これ、速いのか？

避けられる気しかしないのだが？

手加減できないの。なんて言いながら、実は手加減していたりするのか？

ともあれ、命中する訳にはいかない。流石に当たれば痛そうだし。

半歩下がり、体を捻り、傾ける。

これで十分だろう。

高飛車女の、足下からすくいあげるように振り抜かれた細剣は、俺の目の前の空を斬った。

「……なっ」

声にならない声。

どうやら本当に驚いているらしい、流石に今のが避けられない程、俺は弱くないぞ。

俺は即、収納魔法を使用し、姉から譲り受けた剣を取り出すことにした。

小さな白い魔法陣から伸びてくるように、あっという間にその姿を現したのは――『聖剣デュランダル』だ。

姉曰く、『大概のことはこの剣でなんとか出来るよ？　斬ってよし。刺してよし。殴ってよしの、三点セットだよ？』とのこと。

まぁ、汎用性の高い剣だ。

「え？　ちょ、なにが……えぇ!?」

慌てているな。

どれだけ俺のことを舐めていたのやら……。

「はぁっ！」

姉を侮辱された俺の怒りを込めて、剣で高飛車女を斬り払う。

「きゃぁっ!!」

しかし足がもつれたのか、高飛車女がその場で転ぶ。

――外した。

「きゃ、きゃぁぁぁぁああああ!!」

と思えば、俺の剣撃の余波で高飛車女が吹き飛んでいった。

可愛らしい悲鳴を上げているのが逆に腹が立つ。

が、これはチャンスだ。

すかさず、聖剣デュランダルを収納に戻し、別の武器を取り出した。

剣が姿を消したのとほぼ同時に姿を現したのは——『霊槍オーヴァラ』だ。

姉曰く、『魔法的存在に一番有効なのがこの槍。後はね、投げる！ この槍、凄く投げやすいよ!?』

吹き飛ぶ高飛車女に向かって、俺は、霊槍オーヴァラを投擲した。勿論、姉に教え込まれた魔力操作によって、十分な魔力を霊槍に込めて。

投擲した俺の槍は、轟音を響かせながら直進する。

霊槍オーヴァラは、魔法的存在には絶大の効力を発揮するが、ソレ以外には大した効果は見込めない。

例えば、今回のように対人で使用した場合、この霊槍に期待出来る効果は相手の魔力を奪い去ることだ。

つまり、この霊槍が高飛車女に命中したならば、奴の魔力を奪い、戦闘の続行が困難な状態へと追いやることが可能だ。

そう思い、俺はこの槍を選んだ訳なのだが……。

どうやら外れたらしい。

訓練場壁際まで吹き飛んだ高飛車女。

俺の投擲した霊槍は、その高飛車女の顔、僅か数ミリ横の位置に命中し、突き立っている。

やはり霊槍だけあって、あれほどの轟音と勢いにもかかわらずそこの壁への物理的影響は少ないようだ。

ただ……高飛車女の髪が僅かに消失して、少し可笑しな髪形になってしまっている。

「……な、なな、なに？　……これ」

チッ。

やはり命中しなければ、あの女の魔力を奪い去ることは出来ないらしい。

もしかしたら意識を奪えているかも。と思ったが甘かった。

ならばと、俺はもう一度収納魔法を使用し、別の武器を取り出しながら駆け出した。

この高飛車女の実力がよく分からない以上、このチャンスを生かしたまま勝負を決める。

本気を出されたら厄介だからな……。

選んだのは、『籠手・炎帝《イフリート》』だ。

姉曰く、『やっぱ純粋に攻撃力が欲しいならコレだよね。運動エネルギーが炎に変わってそのまま攻撃力になるからね。加減もしやすいよ？』とのこと。

剣などの武器はどうしても加減がしにくいからな。

殴打系統のこの籠手なら、丁度良い程度に戦闘不能状態まで持っていけるだろう。

駆けながら、体を横に回転させること二回。

その遠心力が炎に変わり、攻撃力となる。

今の状態の高飛車女ならこれで大丈夫だと思うが、念のためにもう1回転追加しておく。

更に火力を増した右手を、俺は高飛車女の腹に叩き込むべく振り抜いた。

「そこまでっ!!」

「——ッ!?　はぁ!?」

突如として俺の耳に飛び込んだ模擬戦終了の合図。

繰り出した俺の右手は、高飛車女の腹を確実に捉えていたが、その寸での所でピタリと停止している。

「え？　終わり？　なんで!?」

慌てて声のした方を振り向くと、ユリナ教官がこちらに近付いて来ていた。

「終わりよ。よく見て、リーネさんはこれ以上戦闘を継続するのは無理よ」

目の前の女に視線を向けてみた。

「はっ……はっ……はっ」

「え？　おい、大丈夫か？」

意識はあるが、軽い過呼吸の症状。

コイツ、どれだけ油断してたんだ？

俺の思わぬ反撃が、よっぽど驚きだったと見える。

とはいえ、コイツは戦闘を継続させることは不可能。であれば——。

「ということは？」

ユリナ教官の言葉を待つ。

「そうね……これは引き分けね」

「なんで!?」

「最後のあなたの攻撃。あれは駄目でしょ。私が止めなかったら、あなたリーネさんを殺してたかも知れないわよ？」

「んなバカな」

流石にそれは言い過ぎだ。

あの程度、俺の姉には一切通用しない火力なのだが？

「ほら、皆の反応を見てみなさいな」

ユリナ教官がそう顔を向けたのは、今の俺達の模擬戦を見守っていた他の訓練生達だ。

その皆は……。

「……信じられねぇ」

「はわわわわ」

「…………………」

青い顔をしていた。

「ふふ……」

ただ、ルエルだけは笑いながら俺に手を振っていた。

「はぁ……あなた、いったいどんな特訓をお姉さんから受けていたのよ？」

「え？　ロゼ姉は『普通の特訓』って言ってたけど」

「……後で話があるから、いいわね？」

軽く頭を抱えながら、ユリナ教官がそう言っていた。

なにか問題だろうか？　厄介ごとはごめんなのだが……。

◇◇◇

「認めないいっ！　私は絶対に認めないいんだから！」

程なくして、いつもの調子を取り戻した高飛車女。おそらくコレがいつもの調子なのだろう、声を荒らげている。

「だから引き分けだっつってんだろーが。何が不満なんだよ」

他の訓練生達も集まってきた中、何を思ったのか俺に突っかかり始めた。

「はぁ!?　どうして私があんたと引き分けなけりゃいけないのよ！」

流石に意味不明だ。

皆も同じ感想を抱いたのか、同様に困惑した表情。

コイツ顔は良いのに、それを台無しにしても尚余るほどに性格が悪い。

困った。ここまで来ると、俺もなんて言い返したら良いのか分からなくなってきた。

「あそこで私が転ばなかったら、私が勝ってたんだから！　どうして収納魔法が得意なんて言う奴と引き分けなきゃいけないのよ！」

俺と引き分けたことがそれほど不名誉なのか……少し傷つくが、もうコイツと言い合うのも少し疲れた。

適当に流そうと思ったのだが――

「収納魔法を教えることしか出来ない姉の弟に……私が……私が」

コイツ……また――

「貴女、馬鹿なんじゃないの？」

「「え？」」

思わぬ所から、思わぬ人物の声に俺を含む一同が驚いた。

「あれだけの戦闘を見て、体験して、それでもまだ分からないの？　リーネ……なにさんだっけ？」

「……ななな？」

ルエルだった。

非常に涼しげな表情と青い瞳から感じる冷たさと、冷たい笑顔。

そのルエルが、高飛車女へとゆっくりと詰め寄る。

「お馬鹿な貴女に教えてあげる。彼の収納魔法……あれは普通の収納魔法ではなかったわ」

いや、ただの収納魔法だ。姉に教わった。

「収納魔法とは誰でも扱える基本的な魔法で間違いないわ。でも、本来はある程度の集中力と想像力が必要な魔法よ」

うむ。姉からもそう教わった。

だが念入りに、ひたすら想像力と集中力の特訓を姉と行った。

「さっきの彼のように、あれだけの戦闘をこなしながら、そして連続で武器を収納し、そして取り出すなんて事、普通では無理よ。少なくとも私はね」

「た、確かに」

「俺も無理だ」

「じゃぁ、さっきのはいったい……」

無理なのか？

いや、姉はもっと早く、そして複数同時にやってのけるのだが……。

「彼のは、間違いなく収納魔法ではあるけれど、それの応用技能《スキル》。『超速収納』と呼ばれる物よ」

んん？　初耳だ。

「な……なによ、ソレ」

ルエルの迫力に、高飛車女も圧されてしまっている。

本当、人って外見で判断してはいけないいな。

「さっきの彼が見せた収納魔法の技術よ。コレを使える人を一人、私は知ってる」

「は、はあ？　あんた何言って――」

「戦乙女《ヴァルキュリー》ローゼ」

「ッ!?　は、はぁ!?」

「えぇえぇえ!?」

「いやいやいやいや！　えぇ!?」

ローゼ？　え、それは我が親愛なる姉の名だが、戦乙女？

「大陸に四人しか存在しない、絶級冒険者。様々な武器を瞬時に取り換えながら戦う乙女。ローゼ・アライオン。あなたのお姉さんの名よね？」

「「「はぁ!?」」」

こっち見んな。

俺も状況について行けん。絶級冒険者!?　姉が!?

今のルエルの発言で皆が驚いている以上に、俺も驚いている。あのいつも優しい姉が――冒険者の頂点とも言える……絶級冒険者だと言われれば、当然そうなる。そして、皆のこの反応から察するに我が姉の名は、かなり有名なようだ……。

その姉との特訓の日々の中で、冒険者についての知識もある程度は叩き込まれた。

冒険者等級という、冒険者としての実力と権威、実績に続き、更には信頼を表す等級がある。

初級から始まり、ある程度の年月と実績を重ねて中級となる。

そして更に経験を重ね、十分な実力と実績を認められた者は上級へと昇格する。

『上級冒険者』それは組合に認められた者のみが到達できる地位であり、各地に存在する冒険者組合から直接の要請、依頼をこなす場合もあり、有事の際には下位の冒険者をまとめる役回りを務める。

その上級の更に上が『超級冒険者』だ。

超級への昇格試験は基本的に存在しておらず、成ろうと思って成れるものではない。年に一度の冒険者組合会議によって検討された後、冒険者としての実力は勿論……人格や人望、その他様々な技能が『超級冒険者に相応しい』と認められた者に通達され、唐突に『超級』へと至ることが出来る。勿論、毎年必ず誰かが選ばれる、という訳でもなく、該当者無し、という場合も存在する。

そして――絶大なる信頼と、絶対的な実力を持つとされる『絶級冒険者』。

現状存在する冒険者等級の最上位だ。今ルエルが言ったように、大陸に四人しか存在しないらしい。

冒険者としての頂点であり、『超級』の域に収まりきらない冒険者をそう呼ぶ。

あらゆる危険指定区域、ダンジョンに個人の判断で侵入することが可能であり、同様の判断で他の冒険者の侵入を許可することも可能。

自身は勿論、大勢の他者の人命を護り切ることが出来ることの証明。

実力は未知数と言われている。

……だったっけ？　全て姉が教えてくれたことだが……ま、まさかその姉が『絶級冒険者』だったとは……。

そう考えると、このユリナ教官も十分に凄い冒険者なのだが、俺は教官の実力を知らないし、名前も聞いたことがないためにパッとしない。

というか、どの程度の実力が初級で、どこからが上級なのかも正直分からない。

ただ、どうやら俺の姉は普通ではなかったらしい。

「ろ……ローゼ……あらい……おん？」

「そ。貴女が散々侮辱していた彼のお姉さんは、大陸中の冒険者が憧れ、尊敬する、あの戦乙女《ヴァルキュリー》ローゼなのよ？」

「うそ……嘘よ、そんな、だってコイツは……」

「うそ？　認めたくないのよね？　貴女、あれだけ自分の姉の名を使って威張ったのに、彼の姉はそんな貴女の姉を凌駕する『超級』の更に上。『絶級』だったのだから」

「…………」

ルエルのあまりにもな迫力に、高飛車女は勿論、俺達までも言葉を失ってしまう。

ユリナ教官はどうやら静観の構えらしく、一歩引いた所から見守っていた。

そして更に、ルエルの言葉は続く。

「私ね、貴女みたいな女は嫌いなのよね。姉の力をさも自分の物みたいに。貴女はまだ冒険者ですらないと言うのに」

正論過ぎた。

「気付いてた？　わざわざ姉の名を口にしたの貴女だけよ？　まぁ彼は自分の姉がどんな存在か知らなかったみたいだけど」

そこでまた、ルエルの青い瞳が俺を捉える。

目が合ったと思えば、魅力的な笑みを向けられて少し照れてしまう。

「ど……どうして」

「なに？」

「どうしてあんた、そこまでソイツを庇うのよ！」

俺に指を差しながら『ソイツ』呼ばわり。

不本意ではあるが、知らぬ間に蚊帳の外になってしまっていた俺を、元はと言えば俺達が始めた喧嘩がことの発端であることを思い出させてくれた。

「あ、あの――」

いい加減止めようか。

そう思って口を開きかけたのだが、

「庇う理由？　一番は貴女のことが生理的に嫌いなのと……」

また目が合う。

思わず俺は開いていた口を閉じる。

そして――

「は？　え？　ちょ、ちょちょ、えぇ!?」

ルエルが俺の腕を取り、爆弾を投下した。

「私と彼、お互いの姉が約束した婚約者なのよ。許嫁《いいなずけ》というやつよ」

——うふふ。と。

頰を赤くしながら言うルエルの、甘美な香りと柔らかい感触にクラクラしてしまう。

「「「えぇぇぇぇぇぇぇ!?」」」

これには流石に高飛車女もひっくり返る程に驚いていた。

勿論、一番驚いているのは俺だが……。

我が親愛なる姉は、いったい何を考えているのだろうか——

◇◇◇

——疲れた。

訓練所に入所した初日だと言うのに、姉との特訓以上に疲れた気がしてならない。

それもこれも……。

「高飛車女とルエルのせいだよな……」

大きなため息ひとつ。

結局、姉を侮辱したことを訂正させることも出来なかったが、俺が言いたかったことは全てルエルが言ってくれたし、思いの外気分はスッキリとしてしまった。

その内にでも今回の件の礼でも言っておくことにしよう。

そして俺は気持ちを切り替えて、目の前の扉をノックした。

「どうぞ」

と、部屋の中からの返事を聞き、扉を開けて部屋の中へと踏みいる。

部屋の奥には、広くて立派で事務仕事に向いていそうな机。そこに腰かける女性の瞳は俺に向けられている。

銀髪ショートヘアの美人さん。ユリナ教官だ。

俺と高飛車女の模擬戦が引き分けに終わり、ルエルの爆弾発言でその場が最高潮に盛り上がったのは少し前の話。

あまりにも盛り上がり過ぎたために、流石にこのユリナ教官がその場を収めることになり、残りの訓練生達の模擬戦が順次進められた。

で、全ての模擬戦が終了し、今日の訓練はそれで終わった訳なのだが、俺だけが『話があるから』と、この別室に呼ばれてしまった。

あまり良い予感はしないな……。

「呼び出してごめんなさいね。まぁ座って」

促されるまま、部屋の中央に置かれている椅子へと腰を下ろす。

太ももから背中を包み込むようにして受け止める、素晴らしい椅子だった。

――コトリと。

程なくして俺の目の前にある机にカップが置かれる。

珈琲《コーヒー》という飲み物だ。姉もよく飲んでいたな。

「模擬戦、どうだった？」

「え、模擬戦？　いや、引き分けたのは少し残念でしたけど……」

正直に言うと、あの高飛車女との模擬戦は勝てていた。と思う。

それだけに『引き分け』という結果に終わってしまったのは本当に残念でならない。

姉への侮辱も訂正されずじまいだしな。

だが、ユリナ教官の聞きたいことはそんな答えではないらしい。

「……じゃなくて。他の訓練生の模擬戦も、見ててどう思った？　正直に言ってみて」

他の訓練生の模擬戦。

俺達の後、残りの訓練生たちも模擬戦を行った。それを見学して、俺がどう思ったのか、それを聞きたいらしい。

「……えっと、弱かった……です」

それが素直な俺の感想だ。

しかし、高飛車女のように実力の全てを出し切っていない者もいたのでは？　とも付け加えておいたが。

「確かに、本気を出していない者もいたわね。でもリーネさんは本気を出していたと思うわよ？」

そうなのか？

「お姉さんになんて言われて特訓してきたのかは知らないけど、貴方の実力、少し異常よ？　冒険者でもないと言うのに……」

少し違和感はあった。

高飛車女と模擬戦をしていた時の周りの反応や、ルエルの言っていた『超速収納』という技能《スキル》。

姉から聞かされていた冒険者の基準が、実際とは少しズレているような違和感が。

「聞かせてくれる？　貴方がお姉さんと行った特訓について。詳しくね」

◇◇◇

「呆れたわ……」

姉との永きに亘る特訓について、包み隠さず話した。

話を聞いているうちに、教官の顔色は少しずつ悪くなり、終いには項垂れてしまった。

そんなに酷い内容の特訓でもないと思うのだが……。

しかし、次の教官の言葉は、俺にとって衝撃の一言だった。

「まず、冒険者になるために四年強も特訓する者はいないわ」

「は？　いやでも、姉はそれぐらい特訓して強くならないと冒険者になれないって……」

「貴方のことがよっぽど心配だったんじゃないの？　冒険者って、誰でもなれるのよ？　『とりあえず冒険者になりました』って人は、いくらでも存在するしね」

「………………………」

思わず言葉を失ってしまった。

「そして次に、貴方が特訓した『炎帝の渓谷』をはじめとする四つの区域は、危険指定区域よ。上級冒険者以上の者しか立ち入る事は許可されていないのよ？」

「…………………………」

「そうね、確か……『上級冒険者でも足を踏み入れてはいけない危険地帯7選』？　みたいな物にも選ばれていた筈よ」

「…………………………」

「本来なら、冒険者でもない貴方がそんな場所に足を踏み入れては駄目なのだけれど、お姉さんが同行していたのなら話は別ね」

　衝撃の事実の数々。

　俺はただ唖然とした表情で教官の話を聞くことしか出来ない。

「まぁ、つまり私が言いたいのは。貴方は自分の実力をちゃんと理解しておかなければ駄目ということよ。今日みたいに、たかが模擬戦で相手を殺してしまうような真似をされると……困るから」

「き、気をつけます」

　とりあえずそう答えておくことしか出来ない。

　まだ、頭の整理が追い付いていないのだ。

　早く帰って、姉にも話を聞いてみよう。

「そ、それじゃぁ自分はコレで」

　残っていた珈琲をグッと喉に押し込み、立ち上がる。

帰って、姉に話を聞いてから、もう一度今の話を整理しよう。

軽く頭を下げて、扉に向かう。

すると――

「何処へ行くの？」

「は？　いや、今日の訓練は終わりですよね？　なので帰るんですけど……」

教官に呼び止められ、振り返る。

「……本当に何も聞かされていないのね」

大きなため息を吐く教官の姿に、またもや良からぬ予感が込み上げる。

「貴方は今日から一年間、私と訓練所《ここ》に住み込みよ？　貴方の面倒を見るように、お姉さんから頼まれているわ」

姉よ！　何故そうなる!?

家からこの訓練所まではそれなりに距離があるだろうが、別に帰れない距離じゃない筈だ。それなのに、何故!?

「いや、結構です。帰ります。姉にも話を聞いてみたいので」

「……貴方のお姉さんは、しばらく帰らないわよ？　今日から、危険指定レベル11の魔物の討伐任務に就いて、遠征しているから」

「………………………」

「もしかして貴方、料理や家事も、姉との特訓で教わったりしたの？　それなら安心だけど……」

俺はゆっくりと、再びさっきまで座っていた椅子に腰を下ろす。

そして、深く頭を下げ、口を開いたのだ。

「……お世話になります」

「ふふ。……よろしい」

姉に放り込まれた訓練所で、我が親愛なる姉の意外な一面を知った。そして、これからの訓練所での生活に不安をおぼえる。

そんな俺の感情とは裏腹に、顔を上げた先のユリナ教官は――少しばかり楽しそうに笑っていた。

#4　新しい環境と生活

冒険者訓練所での生活が昨日から始まった。

俺の知らないところでどんな話があったのかは分からないが、何故か俺は訓練所《ここ》に住むことになった。ユリナ教官と共に。

俺にあてがわれた部屋は、俺一人で使う分にはなに不自由無い広さで、机や椅子は勿論、冒険者向けの本なども置いてあり退屈せずに済みそうだ。

そして――

「シファ？　起きてる？」

「んぁ、起きたとこ」

部屋の扉の向こうから聞こえてくるユリナ教官の声に、眠気を抑えつつなんとか応えた。

「……ほら、早く準備して。はい、これに着替えて、さっさと私の部屋に来る。朝ご飯できてるから」

部屋の扉を開け、着替えを投げつけてからユリナ教官が廊下に消えていく。

俺の姉に代わり今日から一年間、保護者となったユリナ教官は面倒見が良い。

昨日の教練の時とは少し印象も変わり、更に『仕事の出来る女性』感がひしひしと伝わってくる。

………。

いかんいかん。

俺が冒険者を目指した理由のひとつが、『いつまでも姉に頼ってばかりではいられない』という物だ。

訓練所《ここ》でユリナ教官を頼ってばかりでは、その目的も達成出来ない気がするな。

できる限り、自分のことは自分でする努力をしよう。

放り投げられた服に手早く着替え、俺はユリナ教官の部屋へと向かった。

◇◇◇

『冒険者訓練所』

この訓練所への入所希望者は、毎年数え切れない程の数になるらしい。

定員は20人から30人。倍率は常に約120倍以上。

試験によって、冒険者として際立った素質と将来性を認められた者のみが、この訓練所へ入所することが出来る。

この訓練所への入所希望者が毎年多い理由。それは――

「中級昇格への実績免除？」

「そうよ。本来、初級から中級へ昇格するには、最低でも三年の初級冒険者としての経験が必要なのよ」

へー。

中級へ昇格するだけでも三年、冒険者としての経験を積まなければいけないのか。

……姉は何も言ってくれなかったな。

そういうことなら素直に教えてくれれば良いものを。

「ま、新人冒険者でも高い実力を持っている人はいるからね。そういう人を少しでも早く昇格させてあげるための、冒険者組合側の配慮と言えるわね」

なるほどな。

正直、三年は長いだろ。

組合側も、十分な実力を持った冒険者にいつまでも初級でいられるのも困るんだろうな。

ん？

「って待ってくれ。俺はその……試験ってのを受けていないんだが？」

思わず、朝食を口に運ぶ手が止まる。

「そうね。貴方のお姉さんの推薦だからね。試験は免除されたわ。それだけ『絶級』冒険者への信頼は大きいということよ」

そうだったのか……。

結局、知らないところで俺はまた姉の力を借りていた訳だ。

「……さてと。私は先に準備しておくわ。貴方は食べたら先に教室へ行ってなさい。食器はそのままでいいからね」

時間を確認し、おもむろに立ち上がる。

今日も訓練生の教練はあるし、もう少しすれば早い訓練生は訓練所《ここ》へ顔を出す時間なのだろう。

「……分かってると思うけど、教練中は私は教官で貴方は訓練生だからね？」

「分かってますとも」

「よろしい。それじゃ、また後でね」

これから一年間。俺達は共に生活する家族のような存在だが、それ以前に教官と訓練生だ。

時と場合の分別をつけることも、冒険者として大切なことのひとつらしい。これはユリナ教官の言っていた言葉だ。

「ごちそうさまでした」

朝食を残さず食べ、食器を片付けてから、俺は教室へと向かった。

◇◇◇

教室にポツリと一人。

俺は一番後ろの自分の席に腰を落ち着ける。

流石に俺が一番乗りだったらしい。

まぁ、この訓練所の教官の私室からやって来たのだから当然だ。

とは言え、後30分もすれば今日の教練が始まる。そろそろ誰かやって来そうなものだが……。

「あら？」

ルエルさんが扉を開けてやって来た。

「早いのね。昨日遅刻したことを気にしていたり？」

「べ、別に？　気にしてないけど？」

自称、俺の許嫁のルエル。

我が姉への事実確認はまだなので『自称』とする。

超絶美少女であり、性格は鬼。悪い奴ではない。

昨日の感じからして、俺へ好意を持ってくれているようにも思えるが、少し距離感を計りづらいのはたしかだ。

ちなみに、俺がユリナ教官と訓練所で同居していることは知らない。

「ふふ。そう」

「あの、ルエル……さん？　貴女の席は向こうでは？」

何を思ったのか、ルエルは妖艶な笑みを浮かべつつ俺の前の席。あの高飛車女の席に腰を下ろした。

「ルエルで良いわよ。別に構わないでしょ？　それとも、シファは私よりも、あの女の方が好みなの？」

『あの女』とは、高飛車女のことだろう。

二人を比べると、そりゃルエルだろうが……。

「そういうことを言ってるんじゃなくて……」

「ちわーっす！　……って、ん？」

新たに元気な声を出しながら教室へ入ってきた男。

「なんだ？　まだ二人だけか？　へへ、朝から仲良いね、お二人さんっ！」

いたずらな笑みで、そう含みのある言い方をするのはレーグという名の男だ。

昨日の模擬戦を見た感じでは、剣術の腕は確かなように思える。魔法はからっきし。

見てくれは素直で、爽やか系イケメンだ。

俺とは違い、誰とでも仲良くなれるタイプだろう。

「シファだっけ？　昨日の模擬戦はビビったよ。まさかあの戦乙女《ヴァルキュリー》の弟だとはな。……んで、そっちが」

「ルエルよ。彼の許嫁。よろしくね？」

「おう！　よろしくな！」

そう言って、レーグは笑いながら自分の席へと歩いて行った。

「なにか？」

「いや別に？」

恥ずかし気もなく自分のことを許嫁と言うルエルを、堪らず唖然として見つめてしまっていた。

そうこうしているうちに、次第に人の気配が増えていく。

「お、おおお……おはようございますぅ！」

俺以上に人付き合いが苦手と見える、ミレリナだ。

昨日のあのテンパった自己紹介が印象に残っている。

「ええ。おはよう」

「あ……」

そんなミレリナに、ルエルは笑顔で挨拶を返している。

すると、途端に顔を綻ばせ、ミレリナは満足したように自分の席へと走っていった。

よっぽど嬉しかったのだろう。

「なにか？」

「いや別に？」

女神なのか？

超絶美少女でありながら、冒険者訓練所へ入所できる実力を持ち、誰にでも優しい……訳ではないが、俺にはルエルが女神に見えた。

「おはようございます」

「…………」

「おはよーっす」

「おはよう……」

やがて、他の訓練生たちも次々に姿を現す。

既に友人関係を築いた者もいれば、まだ馴染めていない者もいる。

昨日今日知り合ったばかりの俺達じゃ、そんなもんだろう。こうして朝の挨拶を交わせるだけ、俺達の関係は良好と言えるだろう。

「ちょっと、そこ私の席なんだけど？　退いてくれる？」

まぁ、相性の合わない者も勿論存在するわけで。

「あら、おはよう。リーネさん」

ユリナ教官、早く来てくれないかな……。

なんて思いながらつい、ため息をこぼすが――

「それじゃ、また後でねシファ」

そう言いながら、笑顔のルエルは立ち上がり、自分の席へと向かっていった。

何が『後で』なのかは分からないが、意外にもあっさりと引き下がったな。

まぁ、俺の目の前で喧嘩されても困るし、この席が高飛車女《リーネ》の席なのは事実だ。

ルエルも、わざわざ喧嘩をしたいとは思っていないのだろう。

「ふんっ。アンタも、あまり良い気にならないでよね」

「はいはい」

朝からコイツも刺々しいこととこの上ないな。

おっと、そうだ。

「おはよう」

朝の挨拶は、しておかないとな。

昨日は昨日。今日は今日だ。

昨日はいきなり喧嘩から始まってしまったが、それも済んだ話。

コイツと俺の席は前後同士だし、いわば隣人だ。

別に俺だって、隣人といつまでも険悪な関係でいたい訳じゃない。たとえ相手にその気がなくとも、こっちは和解する意思があるのだと知っておいてもらいたい。そのための挨拶でもある。

すると――

「ッ……おはよ」

なんと挨拶が返ってきた。

少し驚いたような表情を見せた高飛車女だったが、小さな声で、だがちゃんと挨拶を返してくれた。

コイツが俺のことを嫌っているのは確かだろうが、悪い奴ではないのかも知れないな。

これから一年間、共に訓練に励む仲間（？）なのだから、出来れば仲良くしたいのだが……。

先の挨拶以降、ツーンと前を向いて頑なにこちらを見向きもしない。そんな高飛車女の後ろ姿を見て、それには少し時間がかかりそうだと思った。

◇◇◇

「ってことがあったよ」

「まぁ、冒険者として相応しい人格も訓練所《ここ》の入所試験で試されている以上、性格に大きな問題がある訓練生は存在しない筈よ。でなければ試験で落とされているのだから」

今日の教練も無事に終わり、教官の私室での夕食がてらに今日の高飛車女の意外な一面を報告しておいた。

教官が言うには、この冒険者訓練所へ入所するための試験では、冒険者としての将来性に必要な実力の他に、人間性についても厳しく審査されているらしい。

なので、無事に訓練所へ入所出来ている高飛車女《リーネ・フォルレス》の人間性に問題はないとのこと。

とは言え、初日の奴の俺への態度は少なからずの問題があったように思えるのだが……。

「ま……思春期の若者がそれだけ集まれば、揉めごとのひとつやふたつあるでしょ」

軽く肩を竦めながら、ユリナ教官は笑っていた。

◇◇◇

「今日は貴方達に実際に冒険者としての活動を行ってもらうわ」

訓練所での生活にも少しずつ慣れ、教官も俺の仮の保護者としての役割が板につきはじめた。そんなある日。

教室へやって来た教官の第一声がそれだった。

「っっしゃぁ!! 待ってました！」

相変わらずレーグは朝から元気がいい。

いや、どうやらレーグだけではない。

今の教官の一言で、明らかに教室の雰囲気が一変したのが分かる。

皆、これまでとは明らかに違う一日の始まりに、良くも悪くも騒ぎ始めていた。

「落ち着いて。冒険者活動と言っても、訓練生である貴方達に難易度の高い護衛任務や、危険指定種の魔物の相手をさせることは出来ないわ」

そう言いながら、教官はどこからともなく一枚の用紙を取り出した。

「『カルディアの西に広がる森に大量に生息している魔物の討伐』。これが今回貴方達にやってもらう仕事よ。ちなみにコレは『常時依頼』と言って、いつでも受けられる依頼だから」

『カルディア』とは、今現在俺達がいるこの街のことだ。最近知った。

俺が街の名も知らないと知った時のユリナ教官の顔は、今でも忘れられないが、まぁどうでもいい。

「この森に生息している魔物の危険指定レベルは1と2。貴方達なら問題なく討伐できる筈よ」

危険指定レベルとは、そのまま魔物の危険度を示している。

『危険指定種』とは、危険指定レベル4以上の魔物を指す。レベル4以上の魔物は基本的に中級以上の冒険者が対応するのが普通。らしい。

「ちなみに既に依頼は受理されているわ。さっそく今から西の森に向かって出発よ」

ユリナ教官に連れられるように、訓練生《俺達》も教室を後にする。

◇◇◇

カルディアの西側から街を出て、街道を進む。

時刻はまだ早朝と言うだけあり、街道を行き交う人の姿は少ない。

この街の近くの街道へわざわざやってくる狂暴な魔物もこの辺りにはいないらしく、目的の森へは概ね予定通りの時間に到着した。

「この森に生息している魔物を出来るだけ討伐すること。それが今回の依頼よ。数に決まりはなく、討伐した魔物の数に応じて報酬が支払われることになっているから」

ま、森に生息している魔物を狩り尽くすことなんて不可能だからな。

少しでも魔物の数を減らし、今よりも更に街道の安全を確保するためのものだろう。

更には、この森の安全もある程度確保することが出来たら、森の中に街道を通すことも可能になるかも知れないということだ。

……さて。俺も行くとしよう。

「ただし、森林深層への侵入は禁止よ」

そう言われると行ってみたくなるのだが、やめておこう。

「……後が怖いからな」

もしバレれば。だが。

「あら？　後が怖いって、教官のこと？」

「うおっ!?」

ビビった。

急に耳元で囁かれ、ゾワリと背筋を伸ばす。

声の主は、やはりルエルだ。

「ふふ。さ、行きましょシファ。私達二人なら、倒せない魔物はいない筈よ」

「ま、まぁ……今回のこの教練に限って言えば、そうだろうな」

実技の訓練などで、二人一組《ペア》やチームを組む教練で特に制限が無い場合、ルエルはいつも俺の所へやってくる。

特に断る理由もなく、いつしかルエルと共に行動するのが普通になっていた。

となれば今回もルエルが俺の所へやって来るのは、考えてみれば当然だった。

◇◇◇

「それ」

薄緑色の肌をした、人間の子供程度の背丈の魔物——ゴブリンだ。

そのゴブリンが今、ルエルの魔法によって一瞬にして氷塊と化した。

早くて的確なルエルの魔法。自己紹介の時にも得意と言っていた『氷』属性の魔法は、それはもう見事な物だった。

氷を出現させ、魔物を倒す。

時には氷の剣を造りだし、時には氷を飛ばして吹き飛ばし、魔物を次々と倒していく。

そしてその度に、俺の収納魔法の中にゴブリンの角や爪が納められていくのだ。

『討伐証明部位』と言って、これを持ち帰って初めて、魔物の討伐として認められる。

既に何体のゴブリンを討伐したのかは分からないが、森を歩けば歩くだけゴブリンに遭遇してしまう。本当に終わりは見えてこない。

周りを見てみると、他の訓練生達も順調にゴブリンの討伐を進めている様子だ。

そもそも、訓練生にとって危険指定レベル1や2の魔物は、脅威にすらならないのだろう。

「うおぉぉぉお!!　食らえや！　メテオブレイクぅぅ!!」

そう何やら叫びながら、大剣をゴブリンに叩きつけているレーグの姿が目に入った。

ゴブリンが爆散している。あれでは証明部位を持ち帰ることが出来ないだろうに。アイツは知ってやっているのか？

「そろそろ戻りましょうか。あまり奥に行き過ぎるのも良くないしね」

「……あぁ」

これだけ倒せば十分だ。

森に入ってしばらく経つし、この辺が潮時かも知れない。

俺達は、来た道を引き返そうとした。その時だ――

「こ、コカトリスだぁ!! コカトリスが出たぞぉ！ 誰かっ！」

響き渡ったのは、そんな叫び声。

その雰囲気からして、明らかに動揺し焦っているのが分かる。

俺とルエルは思わず顔を見合わせた。

「確か、コカトリスって……」

どこかで聞いた名だ。

「危険指定レベル4……。危険指定種よっ」

俺達は、すぐに声のした方へと走り出した。

木を避け、草をかき分けてルエルと共に声のした方を目指す。大きな森ではあるが、俺達は深層への立ち入りを禁止されている。さっきの叫び声も、そう遠くはない場所からのものだった。

程なくすると、森の中で少し拓けた場所に出る。

風通しがよく、空もよく見える。

重苦しい森の中にこんな場所があったのかと思うが、今はそれどころではなさそうだ。

落ち着いて状況を確認してみた。

数人の訓練生達が一ヶ所に固まっている。

そのうちの一人は負傷しているらしく、他の者はその負傷者を庇うように立っている。

周りにはゴブリンの死骸。足回りの草はかなり荒れている。

……多分、この場所でゴブリンの討伐を行っているときに、予期せぬ襲撃者が現れたというところか。

その襲撃者とは――

訓練生が怯えながら視線を向けている相手。

人間よりも一回り程大きい体。

鋭いくちばしに、ギョロリとした瞳は一言で表すなら気色が悪い。

緑や紫といった、気味の悪い体毛に覆われた鳥形の魔物だ。

これが。

「……コカトリス」

隣のルエルがそう声を溢す。

危険指定レベル4。

今朝の教官の話では、この森に生息している魔物の危険レベルは1と2だという話だったが、どういうことだ？

「お、おい。こりゃどんな状況だよ？　どうなってる？」

そこに、俺達より少し遅れてレーグがやって来る。

「ほ、ほんとにコカトリスじゃねーか……」

「レーグ。丁度良かった。すぐに教官を呼んできてくれ、今日の教練はここまでだ」

「は？　いやでも、コカトリスは危険指定種だ。皆で協力しねーと倒せねーだろ……」

「言いたいことは分かるが、負傷者がいる。早く手当てした方が良さそうだ。手遅れになるかも知れない」

見たところ、あの負傷者の顔色がかなり悪い。

コカトリスの体の特徴からして、おそらく毒。

倒してから教官の所へ連れていっては、最悪間に合わない可能性がある。

「それに、見ろよ」

固まっている訓練生をコカトリスから護るように立つ、もう一人の訓練生。

細い剣を掲げ、コカトリスを牽制している彼女の姿をレーグに気付かせる。

「アンタ達はさっさと行きなさい！　コイツは私一人で十分よ！」

それは他の訓練生全てに向けた言葉だろう。

強がりでもなんでもなく、高飛車女《リーネ》は本気でそう思っているように見える。

「た、確かにリーネが強いのは知ってるけど。だからって……」

「────!!」

尚もレーグが躊躇《ためら》っている中、コカトリスがその口を大きく開けると、耳障りな鳴き声が木霊《こだま》した。

「──ッ!?　これは」

すると、コカトリスの鳴き声と共に充満していく紫色の粉塵。その粉塵の出所はコカトリスの口内と、激しくばたつかせる翼からだ。

間違いなく毒。

「おい！　この空気を吸うな！　高飛車女！」

「ふんっ！　知ってるわよ！　ってか、誰が高飛車女よっ！」

上体を下げ、足腰に力を込める高飛車女。

右手に持つ細剣に魔力が流れていくのが分かる。

そして、片足を軸として体を回転させながら剣を大きく振り抜いた。

「――やぁっ！」

「………………」

「うおっ」

突如として巻き起こった突風に、思わず顔をしかめる。

高飛車女の振り抜いた剣撃が突風を巻き起こし、この場に充満しようとしていた毒の霧を即座に霧散させてしまった。

なるほど。

自己紹介の時に言っていた、『コカトリスを追い詰めた』というのは間違いでは無さそうだ。

「アンタ達は足手まといなのよ！　さっさと消えなさい」

ほんと、一言多いんだよな。

「レーグ。この場はアイツにあの魔物を追い払ってもらおう。負傷者を連れて、教官の所へ戻ってくれ」

この分なら、負傷者を連れて避難する余裕がありそうだ。

「分かった……て、お前達は？」

「俺達は一応残るよ。流石に一人にする訳にはいかないしな」

周りにはゴブリンの気配もあるし、高飛車女一人を残して離れる訳にもいかないだろう。

高飛車女は嫌がるだろうが、別に従う義務があるわけでもない。

「ふんっ！　言っとくけど、邪魔だけはしないでよね」

他の訓練生がこの場を離れ、俺とルエルと高飛車女の三人だけになった。

やはり高飛車女は一人でコカトリスを倒すつもりらしい。

別にわざわざ倒す必要もないのだが、このコカトリスは逃げようとする者を追い掛けるのだろう。

であれば、出会ってしまったのなら倒すしかない。

「今日は逃がさないんだから」

剣を構え、コカトリスと対峙する高飛車女。

「はっ！」

持ち前の俊敏さで、瞬く間にコカトリスとの距離を詰め、斬撃を浴びせる。

それほどの威力は持っていないようだが速度があり、その剣筋を見切るのは難しい。

そして、高飛車女の攻撃は連撃性を持っていた。

上段から斬りつけ、返すようにしてすくい斬る。そして体を回転させて次の攻撃へと――。

なるほど。

コカトリスの毒の霧は厄介だが、それをさせる暇を与えない程の猛襲だ。

コカトリスは、問題なく討伐されそうに見える。

「強いな……」

高飛車女の実力はさておき、相手の技の特徴を理解し、厄介な技を使わせない。そんな戦い方。

相手の実力を抑え込み、自身は十分な実力を発揮する。

高飛車女の戦闘は、俺が姉から教わっていない事を教えてくれた。

「今さらね。彼女は強いわ。中級冒険者以上の実力は既に持っているんじゃない？」

珍しくルエルが高飛車女を誉めている。

なにかと険悪な雰囲気の二人だが、案外、似た者同士だったりするのかもな。

似た者同士、惹かれ合うって言うし。……まぁ口が裂けても声に出すことは出来ないが。

「はあっ!!」

そんな時、高飛車女の攻撃がコカトリスの大きな翼を捉えた。

――しかし、浅い。

致命傷とまではいかないだろう。

だが、コカトリスに相応のダメージを与えることには成功したらしい。

コカトリスが高飛車女から大きく距離を取る。

そして――

「あっ！　逃がさないんだから！」

片翼に大きな傷を負い、動きの鈍くなったコカトリスが森の中へ逃げていく。

「おい高飛車！　深追いすんな！」

「うるさい！　アンタ達はもう戻りなさいよ！」

そう言い残して、逃げたコカトリスを追撃に向かっていった。

厄介な。

目的はコカトリスの討伐ではない。

今頃はレーグ達も教官と合流出来ているだろうし、コカトリスが逃げた以上、もう戦闘を続ける意味もないというのに。

「……どうするの？」

「追うしかねーだろ」

ルエルの問いに、そう返した。

◇◇◇

「おい！　教官が激怒しても知らねーぞ！　戻れ！」

「え!?　……は、はぁ!?　別に倒してしまえば良いだけの話よ！　ふんっ！」

怪我をしているというのに、コカトリスは自在に森の中を飛び回る。

そのコカトリスを追う高飛車女には、思ったよりもあっさりと追い付くことが出来た。

そして、戻るように説得をしてみるも、頑なに戻ろうとはしない。

教官の名を出して多少は動揺したらしいが、高飛車女の足を止めさせるには至らない。

というか、俺達はどこまで来た？

かなり森を奥へ奥へと進んできた気がするが、もしかしてここは――

「っ、シファ！　ここは森の深層よ！」

やはりか。

教官から立ち入りを禁止されている森林深層。知らずのうちにそんな所まで入って来てしまったらしい。

「チッ！　おい！　止まらねーなら力ずくで連れて返るぞ！　いいのか!?」

「うるさいわね！　ちょっと待ちなさいよ！　もうすぐ追い付くんだから――」

そう高飛車女と言い合いながら森の中を駆けていると、またしても、やたらと拓けた場所に出た。

広大な森の中でポツリと広がる草原に、中央には美しい湖。小さな花が咲き、心地良い風が頬を撫でた。

「ッ!?　ここなら、ここでコカトリスを討伐するわ！　見てなさいよ、すぐにでも――」

邪魔な障害物のない、拓けた空間。

コカトリスとの距離もほとんど詰まり、後はとどめを刺せば終わり。

その筈なのに、高飛車女は続きの言葉を詰まらせる。

コカトリスに向けていた目を見開き、顔は青ざめる。

――いったいどうした。

そう思い、俺は高飛車女と同じ方向、コカトリスへと視線を向けた。

翼に傷を負ったコカトリスが飛んでいる。

しかし、そのコカトリスの全身を包み込むようにして、この場には似つかわしくない物がソコにあった。

鋭い刃物のような牙を無数に並ばせた、ノコギリのような物が上下からコカトリスを襲う。

やがて理解した。そのノコギリは、今、まさにコカトリスを捕食しようとしているのだと。

そして理解した時には、コカトリスは狂暴な牙の餌食となり、巨大な口腔の中へと消えていった。

「な、なな……なん、なのよ。ひっ……」

高飛車女の震える声が聞こえる。

「し、シファ……。逃げなきゃ……、逃げなきゃ」

ルエルが俺の腕を掴み、震えているのが分かる。

俺達の目の前を飛んでいたコカトリスを喰らい、激しい地響きと共にその場に降り立ったのは
――

「翼竜か……」

圧倒的な巨体を持つ竜種。翼竜。

「――――――――ッッ!！！」

翼竜の咆哮が木霊した。思わず耳を塞ぎたくなるほどの咆哮。

俺は冷静に、目の前に降り立った怪物へと視線を向けた。

鋭い眼光と、狂暴な牙の見え隠れする顎。

背には巨大な翼を持ち、鋭利な爪は刃物を連想させる。

強靱な鱗は、生半可な攻撃は弾き返してしまう。

さっきのコカトリスが可愛く見えてしまう程に巨大で、凶悪な竜種。翼竜だ。

「だ、駄目……。どうしてこんな所に危険指定レベル７の翼竜が……」

そう話すのはルエルだ。

目の前に降り立った翼竜を見上げ、明らかに動揺している。

そして――

「あ、あああ……アンタ達は、さ、先に帰ってなさい、わ、わた……わた、わたしが」

高飛車女の状態がかなり悪い。

俺達よりも翼竜に近い位置に立っているためか、持っている剣はガタガタと震え、足はよろついているし、何より逃げ腰だ。

とても、まともに戦える状況には思えないな。

「――――――――ッ!!」

そこにまた、翼竜が大きな顎を開き、鋭利な牙が歪に立ち並ぶ口内を晒して咆哮を木霊させる。

「ひっ！」

「きゃっ！」

俺達を敵、もしくは補食対象と認識しての威嚇だろう。

「あ、アンタ達は早く戻りなさいよ！　私がこいつを討伐するんだから！」

「り、リーネさん！　でも……」

「早く行ってよっ!!　邪魔だって言ってるのよ！」


いつもと変わらない刺々しい口調。

しかし手足は震え、怯えているのが分かる。そんな状態ではまともに魔法や技能《スキル》を行使するのも不可能だろう。

本人も分かっている筈。勝ち目など微塵もありはしないのだと。

なのに、強がって、声を荒らげて俺達をこの場から追い出そうとする。

「ちょ……シファ？　なにを」

ルエルの手を離し、前へ進む。

まるで俺達から、翼竜の気を引き付けようと声を上げる高飛車女の。その前まで。

「ちょ、ちょっとアンタ！　なにしてんのよ！　邪魔だって言ってるでしょ!?」

「……足震えてんぞ」

「……震えて、なんかない！　それより！　退きなさいよ！　ねえ！」

コイツは、冒険者としての人間性はどうあれ、性格は悪い。そう思っていた。

でも、今日分かったことがひとつある。

高飛車女は、どうやら良い奴らしい。少なくとも、自分を犠牲にして他人を助け、護り、思いやることの出来る人間だ。

コカトリスの時だって、人に強い言葉を使ってはいるが、結局は助けるためだった。

そして今もコイツは、怯えながらも勇気を振り絞り、そこに立っている――

「リーネ……」

「え？　名前……な、なによ」

「俺は姉に育てられた。そんな姉のことを誰よりも尊敬しているし、大切に思ってる」

「…………」

「その姉が言っていたことがある」

随分昔のことに思えるが、姉の言ったことは全て記憶している。

『シファ君。嫌いな人でもね、悪い人じゃないなら、ちゃんと護ってあげるのが、冒険者なんだよ？』

俺は収納魔法で、ひとつの剣を取り出した。

身の丈ほどはある大きな剣。大剣という部類に入る。

黒と金を基調とした装飾の施された大剣だ。その大剣が今、俺の目の前に、魔法陣から出現し、地面に突き刺さった。

「な、なんなの？　その剣……」

「大剣――幻竜王《バハムート》……」

「は？　え？　はぁ？」

「うそ……」

剣を地面から引き抜き、一歩、二歩と進む。

「――――――ッ!!」

そんな俺を見てか、翼竜が再び咆哮を上げたが、その咆哮には僅かに恐怖の感情が込められていた。

幻竜王《バハムート》。

かつて存在した、竜種の頂点に君臨していた竜王の名だ。

その竜の素材を元にこの剣が創られた。

そう姉は言っていた。そして――

『シファ君。この剣を使う時は要注意だよ。圧倒的な攻撃力と破壊力、さらに貫通力も兼ね備えているけど、幻竜王の魂が宿っちゃってるから。長時間の使用は危険だからね』

手にしてみて、その姉の言葉の意味を理解した。

大剣から伝わる幻竜王の意思と感情。なるほど、気を強く持っておかないと、逆に俺が大剣に使われそうになってしまう。

一歩、二歩と前進すれば、翼竜は同じだけ後退していく。

この大剣を恐れているらしい。

一介の竜種である翼竜と、竜種の頂点である幻竜の王では、力の差は歴然というわけだ。

そのまま、どこかに飛び去ってくれれば楽なんだが。

どうやら、そうもいかないらしい。

「――――――――!!」

翼竜が大きく口を開いた。

さっきまでの威嚇の咆哮ではなく、これは咆哮《ブレス》だ。

つまりこいつは、逃げるのではなく攻撃を選択した訳だ。

「ちょっと！」

「シファ!!」

リーネとルエルの声を後ろに聞きながら、俺は大剣を掲げる。

「大丈夫だ」

翼竜の口腔から放たれた炎の咆哮。

「はあっ!!」

俺は大剣を振り下ろし、その炎の咆哮ごと――

――翼竜を剣戟にて分断した。

炎の咆哮は霧散し、翼竜の体は中心から綺麗にふたつに別《わか》たれ、地響きと共に地に伏した。

どうやら、無事に討伐できたようだ。

「うそ……」

そう声を漏らすリーネ。

目の前にいた翼竜が瞬く間に討伐されて消えた。それを理解して力が抜けたのか、リーネがその場にへなへなと座り込む。

「……おい、大丈夫か？」

「………………」

まずいな。

極度の緊張から解放された反動なのか、リーネが茫然とした表情で俺を見つめている。

心なしか頬も赤い。

少し休ませてやりたいが、そうもいかない。

俺達も早く教官と合流しなければいけないのだ。

ここは深層で、今回の俺達の行動は明らかに命令違反。ユリナ教官になんて言われるか……。

「おい高飛車、休ませてやりたいが早く戻った方がいい。手を貸してやるから立ってくれ」

そう言って、座り込むリーネに手を伸ばす。

「……ネ」

「は？」

「リーネ。さっきもそう呼んでたでしょ。高飛車はやめて」

なんだこいつ。

急にしおらしくなりやがった。

お前そんなキャラじゃねーだろ！　やめろよ、可愛く見えてしまうだろーが！

「お、おう。リーネ、早く戻るぞ」

「……うん」

ともあれ、早く戻らないといけないのは事実。

ちゃんとリーネの名を呼ぶと、素直に俺の手を取ろうとするが——

「はいはい！　リーネさんには私が手を貸してあげる。さぁ、リーネさん？」

割って入るようにしてルエルがリーネの手を摑んだ。

「はぁ!?　いらないわよ！　自分で立てるんだから！　触らないでよ！」

「あっそ？　じゃあ自分で立ってもらえる？」

「ふんっ！」

……お前らは本当に仲が悪いのな。

#5　「人は見た目で判断してはいけない。と、姉は教えてくれなかった」

俺達が森を出た時には既に日は傾いていた。

西から差す日の光がやけに眩しく見えたのは、疲れのせいか。

「シファ――こほん。シファ君！　ルエルさんとリーネさんも！」

森から出てすぐの所でユリナ教官と合流できた。

俺達の姿を確認するや否や駆け寄ってくる教官の後ろに、訓練生達の姿があった。

レーグは勿論、他の訓練生全員が揃っている。コカトリスの毒を受けたと思われる訓練生も、かなり回復しているように見えて安心した。

「話は聞いたわ。コカトリスが出現したんだってね。でも、私が駆けつけた時には誰もいなかったのだけれど……説明してくれる？」

……やはりか。

逃げていったコカトリスを追撃に向かったリーネ。そのリーネを追った後に、教官があの場に駆けつけてくれたのだろう。

なんだか悪いことをした気分だ。まぁ実際、そうなのだが。

「……はい、あの後――」

俺は観念して話すことにした。

◇◇◇

「マジかよ……翼竜が」

「よく生きて帰ってこれたな」

ただ、翼竜からは逃げてきたことにしておいた。

どうやら、翼竜はそう簡単に討伐できる存在ではないようだし。あの時のリーネとルエルの反応、そして今の訓練生達の反応で、そう確信した。

姉は『竜種くらい簡単に討伐できないと駄目』なんて言っていたが、姉の基準はどうやら普通ではない。

――ただ、その姉の普通ではない特訓のおかげで、今日俺は二人を助けることが出来た訳で。結局のところ、姉には感謝しかない。

「……今日の教練はここまでよ！　すぐに街に戻るわ！」

俺の話を聞いてすぐ、教官がそう指示を飛ばす。

既に夕方。皆の顔にも少し疲れが見える。

誰からも文句が出ることは当然なく、訓練生《俺達》は街へと戻ることとなった。

全員揃って街へ帰ったところで、本当に今日の教練は終了した。

教官が皆に帰るように促し、解散となったのだが――

「シファ。ルエル……さんとリーネさんも」

俺達三人だけが呼び止められる。

と言っても、俺の帰ろうとしていた所は訓練所だが……。

「貴方たちは私についてきて」

皆が帰ったことを確認してから、教官はそう言いながら歩き出した。

いったいどこへ行くのだろうか。

俺達は顔を見合わせるが、皆目見当もつかなかった。

俺達三人ということは、今日の出来事が関係している可能性は高いように思えるが、教官の考えが読めない。

とは言え断る訳にもいかず、黙ってついていくことにした。

暗くなり始めた街を歩くことしばらく。

冒険者訓練所を素通りして、やがて着いた所は――

「冒険者……組合！」

デカデカと掲げられた看板に刻まれた文字を読み上げた。

いかん。つい興奮してしまった。

立派な佇まいの建物の中から溢れる光と冒険者達の話し声はまさに、ここが冒険者達が必ず訪れる場所である証明であり、聖地！

「おぉー……」

思わず声が溢れた。

「なに興奮してんのよ……」

「ふふ。シファは初めてなのね」

「ば、馬鹿じゃ……ないの」

そんな俺を尻目に、三人はさっさと行ってしまう。

慌てて俺も後を追った。

——カラン。

というレトロな音と共に中へ入る。

広い酒場のような雰囲気。

傍らに視線を向ければ、一目で冒険者だと分かる装いの男女が飲み物を片手に談笑している。

あっちにも、そっちにも。全て冒険者だ。

皆が今日あった出来事を語らい、また明日に期待を膨らませて語り合う。

まさしく、俺が目指す冒険者であり、姉の同業者達だ。

そんな中、教官はいっさいのよそ見なく奥のカウンターに向かって歩いていく。

その後を追うようにルエルとリーネが続き、最後に俺が後を追う。

「これはユリナ様。依頼完了の御報告ですね？」

受付の女性が軽くお辞儀をして口を開いた。

「……ええ。それと」

「はい」

「西の森にコカトリスが出たわ」

「はい？」

教官の言葉に、受付の女性がキョトンとした表情を見せた。

さらには、談笑していた筈の冒険者達の間にも若干の動揺が生まれているのが分かる。

「コカトリスだってよ。西の森に」

「はは。そりゃあり得ねーよ。見間違いだろ？　でっけぇ鳥でも飛んでたんだろ？」

「まぁコカトリスはでけぇ鳥だけどな。ぶわっはっはっは！」

どうやら誰も信じてはいないらしい。

「いや、あの……確かなのですか？」

「ええ。それだけじゃない」

「………………」

「西の森、その深層では翼竜と遭遇したわ」

「ッ!?」

受付の女性が目を見開き、啞然としている。

この女性だけじゃなく、この場にいた冒険者の間にも沈黙が訪れていた。

さっきまでの喧騒が嘘のように、食器の擦れる僅かな音だけがやたら大きく聞こえる。

「翼竜だってよ……西の森に」

どこからともなく声が聞こえた。

「いや、それは流石に……なぁ？」

「けどあれ、ユリナ・イグレインだよな？　超級の」

「…………」

雰囲気が一変する。

翼竜が西の森に現れたと言っただけで、どうしてそこまで動揺するんだろうか。

あ、もしかして討伐したことを知らないからか？　逃げたことにしたのはまずかったか。

と思ったが。

「シファ、出しなさい」

「え？　なにを？」

「あのねぇ、私を騙せると思ってるの？　討伐証明部位よ。どうせ持ってるんでしょ？」

――なんの？

とは言っても無駄だろうな。

言えば怒られそうだ。

俺は今度こそ本当に観念して、受付カウンターにそれを出現させた。

収納魔法で納めておいた討伐証明部位。記念、というつもりでも無かったが、せっかくなのでと回収しておいたのだが、教官は全てお見通しだったらしい。

「――っ」

受付の女性がそれを見て息をのむ。

机の上に出現した、巨大な角と爪、そして牙と、少しばかりの鱗。どれも紛れもなく、さっき討伐した翼竜から回収しておいた討伐証明部位だ。

「す、すぐに支部長を呼んで来ます！　少々お待ちを！」

そう言って、カウンター奥の階段を駆け上がっていった。

「シファ、貴方いつの間に……」

ルエルが少し呆れたように問いかける。

「いやー、記念？」

本当は、翼竜を討伐すればどの程度の報酬をもらえるのか知りたかったのだが、どうやらそれを言える雰囲気ではない。

「見ろよ……マジで翼竜の部位だよあれ」

「いやいや、え？　マジで？　え？」

うーん。

事態が飲み込めない。

確かに翼竜が、そう簡単に討伐出来るレベルの魔物ではないことは分かったが、なにか、そんな話でもないような気がする。

翼竜の討伐証明部位を俺が取り出したことにも驚いているようだが、それよりも西の森に翼竜が出現したこと自体が、大問題のような、そんな感じだ。

なんて考えていると、奥の階段からゆっくりと降りてくる人影に気がついた。

「話は聞かせてもろたぞ」

透き通るような声。

「西の森に翼竜……か。遠方では鳳凰《ほうおう》が住み着いた、という話じゃしの」

長い銀色の髪をなびかせ、眩しいくらいの白い肌。長いまつ毛に収まる青い瞳からなる表情は信じられないくらいに美しい。着物で身を包み、上品な雰囲気を漂わせている――

――幼女？

「子供？　おいおい、ここは子供が遊んでちゃいけない場所だぞ？　冒険者の聖地だ。わかってんのか？」

場違いにも程がある。

それに、今何時だと思ってんだか。親はなにやってんだ？

「お、おい。もしかして迷子か？　お父さんかお母さんはどうしたんだ？」

今頃親は心配してるんじゃないだろうか？

そう思って子供に声を掛けた。

すると。

「ぶわっはっはっは！　ひー！　あの兄ちゃんやるなぁ！」

「やっべー！　久々に見たよ！　支部長を子供呼ばわりする奴！」

「ありゃ大物だわ！　はっはっはっはっ！　ッ!!　げほげほ！　ウォエ……」

俺の声が聞こえたらしい冒険者達が一斉に騒ぎ出した。

……え？　支部長？

ってか誰か戻してない？　大丈夫か？

「ちょ、シファ！　貴方ねぇ……」

教官の顔が青い。

「……面白い小僧がおるな」

幼女が、顔に似合わないドスの効いた声を出している。

これ程までに、身の危険を感じたのは姉との特訓以来だった……。

◇◇◇

超絶美幼女に連れられて、俺達は冒険者組合2階の一室へとやって来た。

訓練所の教官室と似た雰囲気だが、そこよりもさらに広い。

部屋の中央の机を囲むように置かれている広く長いソファに、俺達は並んで腰かけた。

「ふむ。ユリナよ。まずは……自己紹介からかの？」

そして最後に、銀髪幼女がそう言いながらドカリと、対面するソファに腰を下ろす。

が、足が床に届いていない……。可愛いなちくしょう。

「シファ。この人は……冒険者組合カルディア支部、支部長のコノエ様よ。わかったら謝りなさい」

……やっぱりマジなのか？

この幼女が支部長？　冒険者組合の？

チラリと、ルエルとリーネの顔を窺うと、二人も無言で『そうだ』と訴えかけている。

もう一度俺は、正面に偉そうに座っている銀髪幼女を観察してみた。

眩しく光る銀色の髪が背中まで伸びている。

ふさふさの長いまつ毛と綺麗な青い瞳が、彼女の美しさをよりいっそう際立てているようだ。

少し着崩れした着物の裾から綺麗な足がはみ出し、床に届かないために落ち着かないのだろう

……空中でパタパタと遊ばせている。

――やっぱり幼女だ。

「これお主……見過ぎじゃぞ。少しは自重せい」

しかしどうやら、本当にこの人が支部長らしい。

「えっと……さっきは失礼を言ってしまったみたいで。すいませんでした」

「うむ。分かればよいぞ。以後気をつけるようにな」

何度も大きく頷いて見せる支部長。

どっからどう見ても10歳くらいの可愛いらしい少女なのだが、どういう経緯で支部長になったの

だろうか。

　凄く興味が湧いたが、今は我慢だ。

「さて、ではユリナや。詳しく話せ」

「はい。今日、教練で西の森へ行ったのですが……」

　教官が今日あったことを包み隠さず支部長へと話す。

　途中、曖昧になっていた部分を俺達は訊ねられた。流石にこの場で誤魔化す気にもなれず、ありのままを答えた。

「西の森にコカトリス。深層では翼竜か……むぅ」

　指先で銀色の髪先を弄り、口を尖らせている。

「ふむ。お主らと少し似たような話が組合にも寄せられておっての。組合として調査が必要か検討しておったところじゃ……」

　似たような話……か。

　それはやはり、今回のように本来なら出現しない筈の場所で魔物や魔獣が出現した。という話が他でもあったのだろう。

「ま、この件についての原因……というか元凶には予想がついておるし、対策もうっておいた。安心せい」

「元凶……ですか」

「うむ。時期的に見ても、おそらく遠方に出現したという鳳凰の存在が、魔物や魔獣の活動域に変化をもたらしたのではないか。と、妾《わらわ》は考えておる」

妾。自分のことを妾なんて言う奴をこの目で見る日がくるとは……。

ってか鳳凰ってなんだよ。

と首を捻っていると、ユリナ教官が説明してくれた。

「鳳凰……。幻獣ですね。危険指定レベルは確か……」

「うむ。危険指定レベル20。ま、並の冒険者が束になっても敵うまい」

「に、にじゅ……」

「…………………………」

ルエルとリーネが口をパクパクさせている。

危険指定レベル20か。確かコカトリスが４で、翼竜が７だった筈。

単に数字の大きさで魔物の危険度を測れる物でもないだろうが、俺にも何となくその鳳凰というやつがどれだけヤバいのか分かった気がする。

「ま、時間は少しかかるかもしれぬが、討伐は無理でも追い払うことは出来よう。それよりも――」

ピョン、と支部長コノエがソファから飛び降り、目の前の机を踏み越え、俺の前に。そして――

「お主。訓練生じゃろ？　よくもまぁ翼竜をそうもあっさり討伐出来たのう？　名前はなんと言う？　教えよ」

近い近い！　顔が近い！　あとその怪しい笑顔をやめて。

「し、シファですけど。シファ・アライオン」

顔を若干ひきつらせながら改めて自己紹介したが、俺の名を聞いた途端、支部長コノエが目を見開いた。

「なんと！　お主もしや、ローゼの弟か!?」

「え？　あぁ、そうです。姉がいつもお世話になってます？」

そうだよな。

我が姉は冒険者だ。しかも、かなり有名な冒険者だったみたいだし、組合の支部長が姉のことを知っているのは当然だよな。

「はっ！　これはまた！　どうじゃ？　お主、訓練所を出たら妾が面倒を見てやっても良いぞ？」

「え？　それってどういう――」

「支部長！　そういう話はやめてもらえます？　彼はまだ訓練生であり冒険者でもないですから……というか――」

え？　なに？

「彼を手元に置いて、彼の姉を思うがままに動かそうという魂胆ですよね？　それ、あの姉が許すと思います？」

「むぅ。やはり無理かのう？　良いアイディアだと思ったのじゃが……」

倒れ込むようにソファに体を預ける支部長。

そして、顔だけを俺に向けてきた。

「ま、考えておいてくれ」

俺の姉は、そこまでしなければいけない程に問題のある冒険者なのだろうか。

考えてみれば、冒険者としての姉を俺はほとんど知らないんだよな。

「あの、ロゼ姉……姉は、もしかして冒険者として少し問題のある人物なんでしょうか」

興味本位で、そう聞いてみたのだが。

「いや、問題……というか少々特殊でな。実力は間違いないのは確かじゃ――」

そして、ニヤリと支部長が微笑む。

「冒険者組合が鳳凰の撃退の依頼に指名した冒険者も、お主の姉じゃ。今頃は、あやつにその依頼が届いておる頃じゃろうなぁ」

「……え」

「ま、鳳凰を撃退出来る冒険者となれば、貴方のお姉さんくらいでしょうね……」

え、そうなの？

姉よ……あなたはいったい、何者なの？

＃6　《戦乙女の憂鬱》

大陸中枢に位置し、大陸で最も栄えている街——王都。

王宮を中心にクモの巣状に走る大通りには、今日もたくさんの人が行き交い、街はいつでも活気に溢れている。

地方から出稼ぎに訪れている者や、昼間から酒場に足を運ぶ者。観光にやって来た者など、王都には様々な人間が存在している。

そして、それだけ栄えた街だからこそ、冒険者の数も多い。

そんな数多く存在する冒険者の一人が今、街の大通りを歩く。

歩く度に揺れる金色の髪と余計な色の混ざらない黒い瞳は、彼女の魅力のひとつでしかない。

軽装に身を包んだ抜群のプロポーションと彼女の美貌が、すれ違う人々を度々振り向かせるが、それに気付く素振りなく歩いている。

（ふぅ、ちょっと時間かかっちゃったかな）

やがて、ある巨大な建物の前で立ち止まる。

冒険者組合。

大陸各所の街に存在しているどの支部よりも巨大だが、ここが本部という訳でもない。

街の冒険者の数と、寄せられる依頼の数に応じて、必然的に組合というものも大きくなっていく。

目の前の大きな扉に手をかけ、その扉を押し開く。

すると――

「ふざけんじゃねぇっ！」

（――わわっ！）

突如、男の叫び声が彼女の耳に飛び込んできた。

一瞬ビクリと体を震わせてしまうが、組合の冒険者達の視線は全て、奥の受付カウンターに立つ男女に注がれている。

（良かった……誰にも見られてない。それより、どうしたのかな）

彼女の意識も、自然と奥のカウンターへと向けられる。

「だから俺がパーティーを編成して鳳凰の討伐に向かってやるって言ってんだよ！　さっさと依頼書を発行しろよ！」

「で、出来ません！　鳳凰については組合側で既に対策済みと聞いておりますっ。依頼書を発行することはありませんっ！　ご、ご理解下さい」

「あぁっ!?　鳳凰に追いやられた上位の魔物のせいで今日も！　初級の冒険者が何人死んだと思ってやがる！　あぁん!?」

「も、申し訳ございません！　申し訳ございません！」

男の叫び声と、受付女性の謝る声が組合内に響き渡る。

二人のやり取りを聞いている冒険者達からは、この男を止める者は出てこない。

それは彼の言っていることは全て真実である事に他ならず、他の冒険者達も同様に感じていたことでもあるからだ。

(うわぁ……揉めてる。やだなぁ、この雰囲気の中を行かなきゃならないのか)

「謝られても困るんだよ！　どう対策したのかを聞かせろや！」

「そ、それは……私は何も聞かされておりませんので……その、すいません！」

「あぁぁぁん!?」

尚も男が叫ぶカウンターへ向かい、歩く女性。

次第に、組合内の冒険者達はその存在に気付き始める。

「ん？　……え、え!?」

「うそだろ……本物？　王都に来てたのか……」

「まさか、単に似てるだけだろ？」

少しずつその小さなざわめきは伝播していく。

やがて、組合内の視線は奥へと歩を進める彼女に注がれるようになっていた。

「若い冒険者の命がかかってるんだよ！　分かったらさっさと――」

「あ、あのー」

「――んだよ！　今は取り込み中だ！　後に……しや……が、れ……？」

突然の来訪者。

後ろからかけられた声に、機嫌の悪かった男は声を荒らげながら振り向くが、自身の視界に飛び込んできた者の姿に言葉を失ってしまう。

まず目に入ったのは間違いなく、彼女のそのあまりに美しい容姿だろう。

まさに絶世の美女と言うに相応しい姿に続き、彼女の眩しい金色の髪と、吸い込まれそうになる黒い瞳に目を奪われた。

そして次に彼が気付いたのは、彼女の細い首につけられた首輪だ。――首輪。というよりは、その首輪に刻まれた紋章だった。

五角形の紋章が刻まれている。

この紋章が何を表しているのかは、冒険者なら誰でも知っている。

冒険者の等級だ。

五つある等級をこの紋章は表している。

この女性の首につけられた五角形の紋章が示す等級は、冒険者としての頂点。絶級の冒険者であることに他ならない。

男は気付く。

自身の目の前に立つこの女性は、大陸に僅か四人しか存在しない冒険者の、その内の一人なのだと。

「こ、ここ、これは！　ローゼ・アライオン様！　ほほ本日はどのようなご用向きでしょうかっ」

受付女性の上擦った声に反応して、男が更に目を見開いた。

彼女こそ、絶級冒険者の中でも最強との呼び声高く、かつてはあの『幻竜王《バハムート》』すらも討伐したという乙女。

ローゼ・アライオン本人だという事実に、男は自分がさっきまで怒っていたことすらも忘れてしまった。

「討伐依頼の完了報告だよ？　依頼を受けたのはカルディア支部だけどね」

そう言いながら、ローゼは一枚の依頼書をカウンターに差し出した。

「は、はい。確認します……っ!?」

差し出された依頼書に目を通し、記されている内容に言葉を失う受付女性。

「き、危険指定レベル11の軍隊竜の殲滅依頼……ですよね。あの、一人……ですか？」

「そうだけど？」

殲滅依頼。

ある区域に生息する魔物や魔獣を残らず殲滅する。という依頼だが、これは基本、複数人パーティーで行うことが推奨されている。

ましてや高レベル帯の魔物なら、その推奨人数も増加するのだが、ローゼは一人で完遂してしまった。

「な、なな、なん……だと」

噂以上の所業に、受付女性も男も開いた口が塞がらない。

「あの……それで、依頼の完了処理。してもらっていい？」

「――！　あ、はい！　失礼しました！　少々お待ちください！」

ドタバタと奥に駆けていく受付女性に、ローゼは少し肩を竦めた。

「な、なぁアンタ！」

そんなローゼの姿を黙って見つめていた男が、つい声をかける。

彼女の魅力溢れる姿に魅了されたのか、絶級という冒険者としての彼女に対する尊敬、もしくは好奇心がそうさせたのかは分からないが、男はつい、ローゼに声をかけた。

「……なに？」

「え……」

しかし、ローゼが示す反応はやけに冷たい。

「見ろよアイツ、戦乙女《ヴァルキュリー》に声をかけたぜ？　ナンパか？」

「男に決してなびかない。大の男嫌いで有名なのに、アイツ知らねーのか？」

「俺は異常な程にブラコンって聞いたぜ？　知らんけど」

「え？　そうなのか？　意外……」

冒険者達の様々な憶測が飛び交うが、当の本人達には聞こえていない。

「……なにか用？」

「あ……いや、何でも……ないです」

それ以降、ローゼは男に対しての興味を完全に失ってしまう。

そんな時、奥の方からまたドタバタと騒がしい足音がローゼの耳に届く。

受付女性が戻ってきた音だ。

「お待たせしました！　依頼達成、御苦労様です。こちら、報酬の２００万セルズになりますっ！」

ドサリと。

重量感たっぷりの金袋がテーブルに置かれる。

「すげぇ……やっぱあの難易度の報酬は半端ねぇな」

「馬鹿野郎。本来ならあの報酬をパーティーで分配すんだよ！　本来はな！」

「お金は……カルディアの冒険者訓練所に送ってもらえる？　宛先はシファ・アライオンで」

「え……あ、はい！　分かりました！　『シファ様』ですね。組合の責任を持って、この報酬金は必ず送っておきます」

「うん。よろしくね。それじゃ！」

これで冒険者組合での用件は全て済んだ。

そう言わんばかりに、ローゼは体を反転させる。

――しかし。

「ローゼ様！　少々お待ちください！」

帰ろうとするローゼを、受付女性が呼び止めた。

「え？　……うわ」

振り返ったローゼは、受付女性が手に持つ一枚の黒い封筒を見て、嫌な声を出す。

「絶級冒険者ローゼ・アライオン様宛に、冒険者組合からの書状を預かっておりますので、読み上げさせてもらいます」

黒封筒。

冒険者組合の印で封のされた黒い封筒は、冒険者個人に宛てた、冒険者組合からの書状だ。

内容は様々だが、冒険者等級が超級や絶級へ昇格する場合もこの封筒が利用される。

そして――

「こほん。『絶級冒険者ローゼ・アライオン殿。我々冒険者組合は、その権限において汝に……危険指定レベル20。幻獣〝鳳凰〟の撃退任務の指名依頼を発行する。この書状が開封された瞬間、この依頼は受理された物とする。直ちに向かわれたし』」

「…………」

「な、なななな」

側に立つ男の慌てように対して、当の本人であるローゼは至って冷静だ。

「『尚、この撃退任務の難易度は〝絶〟級とする』……とのことですが…………」

書かれていた内容があまりにも大変なことだけに、受付女性の顔も青い。

そして同時に、現在問題となっている鳳凰についての対策というのがこれのことだったのかと、少しローゼを不憫に思ってしまう。

「はぁ……はいはい。行きますよ、行けばいいんでしょ」

（もー！　やっと帰れると思ったのに！　やっとシファ君と会えると思ったのに！）

「えっと、あの」

「あぁ、大丈夫大丈夫。組合には分かりましたって伝えといてくれる？」

「は、はい」

（とは言え鳳凰かー。レベル20だもんねぇ、一人だと少し時間かかっちゃうし、あまり使いたくはないけど……うーん）

「……？」

ローゼの考え込む姿に、受付女性は首を傾げている。

「よし！」

そして、そう何かを決心したローゼは、再び受付女性に向き直る。

「絶級冒険者として私は、冒険者組合に指名パーティーの編成を要請します。超級冒険者シェイミ・イニアベル。上級冒険者セイラ・フォレス。以上の二名の召集をお願いします」

「——!!　か、かしこまりました！　直ちに手配致します！」

（シファ君に早く会うためだし、許してくれるよね？）

今度こそ、ここでの用は終わったと、ローゼはそのまま組合を後にした。

「見たかよ」

「あぁ」

「俺初めて見たわ。『絶級特権』だよな？　今の」

「あ、あぁ。冒険者の召集だろ？　でも二人だけだったな」

「でも、あの戦乙女に指名されるって、凄ぇ名誉だよな」

「あ、あぁ。生きて帰ってこれたら。だけどな……」

「…………」

しばらく組合での話題は、今の出来事で持ちきりになるのだった……。

＃7　調査任務

『ま、そんな訳じゃから、お主らは鳳凰のことなど気にせずに訓練生活に励むとよいわっ！　わっはっはっはっは』

　という支部長コノエの可愛らしいがおっさん臭い笑いを思い出す。

　結局、あの教練中に出現したコカトリスと翼竜は、このカルディアよりも更に大陸中央にある王都近くの、とある区域に住み着いた鳳凰という幻獣の影響によるもの。

　というのが冒険者組合の見解らしい。

　つまり、鳳凰という強力な幻獣に追いやられた強力な魔物が、本来なら出現しない筈の所にまでやって来ているのが現状ということだ。

　このカルディア周辺ではまだ、それほどの被害は出ていないが、大陸中央の方では深刻な状況になっているらしい。

　鳳凰を討伐すれば、追いやられた魔物達も自然と元いた場所に帰っていくだろう。というのが教官や支部長コノエの話だったが。

　その鳳凰の討伐に抜擢されたのが、まさかの我が親愛なる姉だったとは――

「……ロゼ姉、大丈夫かな」

「あら？　貴方、お姉さんのことそんな風に呼ぶのね。『ロゼ姉』って、ふふ。可愛いのね」

げえっ！

声に出してたのか!?

「は!?　いやいやいや。違うけど？　いつもは姉さん？　姉貴？　みたいな？」

「ふふ。別にいいじゃない。ここには私と貴方しかいないのだから」

まぁそうだけど。

ユリナ教官は姉のことをよく知っている口ぶりなだけに、やけに恥ずかしいんだよ。

チラリと、教官の顔を覗き見る。

笑ってる。俺の顔を見て。

「ほら、早く食べるのよ。明日も教練は普通にあるんだからね」

そう言って教官は立ち上がる。

なんだか、すっかり俺のもう一人の姉みたいになってきやがった。

歳も姉と近いだろうし、料理や家事も完璧にこなすらしい。

更に現役の超級冒険者であり、冒険者訓練所の教官を一任されている。

完璧超人かよ。

「ごちそうさまでしたっ！」

教官の言うとおり、明日も教練だ。

今日はいろいろあったし……なんだが疲れたな。早めに休むとしよう。

……出来れば、あの幼女支部長とは今後関わりになりたくないものだ。

◇◇◇

翌日、いつものように俺は教室にポツリと一人座って、教練が始まるのを待っている。

本当はここまで早く教室に来る必要はないのだが、教官が準備やらなんやらで朝早くに教官室に行ってしまうんだよな。

要するに暇なのだ。

教官の仕事の邪魔をする訳にはいかないし、自室にいても暇だし、だったら教室で誰か来るのを待っている方が有意義だろう。

俺のこれまでの経験上、まず教室にやって来るのはルエルだが、それまではもう少し時間がある。

ま、気長に待つさ。待つのは嫌いじゃない。

と、思っていたら——

「あ……」

「へ？」

まさかのリーネだった。

あれ？　おかしいな。

リーネは確か、教練が始まる少し前くらいに教室にやってくるタイプだった筈なんだが。

人違いか？

茶色い髪……を、お洒落に後ろで束ねている。

可愛らしい顔立ちをした女性。

いつもは髪を束ねたりしていない筈だが、間違いなくコイツはリーネだ。うん。

「……お、おはよう」

マジか。

リーネの方から挨拶だと？

いつもは俺が挨拶して、それを仕方なく返す。みたいな感じだったのに……。

「おはよう……」

勿論。俺は挨拶を返すとも。

「…………」

「…………」

なんなん？

どうしてずっとソコに立っている？

お前の席はすぐソコにあるだろ？

「あの……えっと……」

何かを話したいが、言い出せない。

そんな風にリーネは視線をキョロキョロと泳がせて、まばたきを繰り返す。

そんな姿が、少し可愛い。

しかし妙だな。

いったい俺に何の話があるというのだろうか。

これまでの短い訓練所生活では、特に俺とリーネに接点らしい接点は無かった筈だ。

「ど、どうした？」

我慢出来ず、聞いてみた。

すると。

「――ッ。あ、あの！　ここに来て初日のこと、憶えてるでしょ!?」

「え？　あ、あぁ、初日な、おう。憶えてるけど？」

ズイッと迫るようなリーネに、若干気後れしつつ思い出す。

初日と言えば、あれだ。模擬戦。

「そ、その私、アンタ……貴方のお姉さん……いや御姉様？　のことを馬鹿にしちゃったじゃない？」

貴方？　御姉様？

こいつ本当にあのリーネか？

「その……あの……あの時はごめんなさいっ！」

驚いた。

まさかコイツ、それをわざわざ言うために、いつもより早くやって来たというのだろうか？

それにも驚きだが、まさかあの時のことをこうして謝ってくれるとは思いもしなかった。

「……い、いや。もう良いんだ。気にしてないさ」

そう。

あの時は確かに腹が立ったが、その後のコイツの姿。特に昨日のコイツを見て、悪い奴じゃないと分かったし。俺はもう気にしていなかった。

とは言え、こうしてわざわざ謝りに来てくれたのは素直に嬉しい。

さぁ、早く自分の席に座っとけ。

そう言おうとしたのだが、どうやらリーネにはまだ話したいことがあるらしい。

「そ、それで！　昨日のことなんだけど……」

「え？　昨日？」

「ええ。昨日、翼竜から私を助けてくれたでしょ？」

「あぁ、それな！　まぁ助けたこと……になるのか？　結局のとこ」

「ええ！　その、気持ちは嬉しいけど、その、急にそういうのは困る……というか。私まだ成人したばっかかだし……」

「……は？」

話が見えない。

顔が赤いし、なにやら照れているのは間違いなさそうだが、話が見えない。

結局のところ何が言いたいんだ？

ってかお前、もっとハキハキ喋れんだろ。

「だから！　その！　いやでも！　私もその――」

そんな時だった。

「あら？」

ルエルがやって来た。

「あらリーネさん。今日は珍しく早いのね？　何か相談事？」

「――ッ！　ふん！　別に？　何でもないわよ。おはよう！」

そう言って、いつもの調子を取り戻したリーネは自分の席である俺の目の前の席にドカリと腰を下ろしたのだった。

「どうしたの？　彼女」

「さぁ？　よくわからん」

ほんとに。

◇◇◇

ユリナ教官は、教練開始の時刻ぴったりに教室へとやって来た。

そして今日の教練の説明が行われたが、その内容というのが――

「以上の編成で、貴方達は各パーティーに分かれて、このカルディア周辺に出現する魔物や魔獣の調査任務に就いてもらうわ」

というものだ。

「ちなみに、これは組合から正式に冒険者訓練所へと発行された依頼よ。勿論、既に受理されているわ」

そう言って俺達に見せるように依頼書を掲げている。

つまりこの依頼内容は、荒れてきている魔物や魔獣の出現位置の調査だ。

鳳凰の出現によって、上位の魔物達の生息圏が変わりつつある今、その位置を正確に調査する必要があるということらしい。

しかしこれは――

「そして、この依頼の難易度は〝中〟級よ」

そうだろう。

これは少し危険な任務。の、可能性を秘めている。

少なくとも、初級冒険者の任務ではないし、ましてや俺達訓練生がやるような任務にも思えないが。

「これは私の判断で受理させてもらったわ。でも、貴方達なら十分可能な難易度よ」

それが教官の判断ということらしい。

昨日の翼竜の一件もあるし、思わぬ所で高レベルの魔物に出会《でくわ》すかも知れない。しかし、討伐する必要はなく、報告するだけ。

そういった意味で、この依頼任務は〝中〟級らしい。

「けれど、精々気を付けておきなさい。この訓練所に入所した以上、貴方達は既に冒険者と同じ扱いなの。それはつまり、貴方達の命の責任は、貴方達にある。ということよ」

訓練所での教練では、命の保証はない。ということだ。

生きて出所出来た者だけが、その恩恵を受けられる。

「説明は以上だけど。何か質問はあるかしら？」

ま、今の教官の説明は十分な物だった。

依頼の内容も単純。パーティー編成の基準だけは分からんが、そこは教官の判断によるもの。

質問なんて、ないだろ。

そう思ったのだが、俺の目の前には、真っ直ぐ天井に向かって伸びる、細くて綺麗な右腕があった。

「なにかしら？　リーネさん」

目の前に座るリーネが挙手したのだ。

いったいどんな質問をするのだろうか？　耳を傾けてみる。

「大丈夫だから。安心して」

そんな小さなリーネの呟きが聞こえた。

え？

今の俺に言ったのか？

何が起ころうとしているんだ？

やがて、その場で立ち上がったリーネが口を開く。

「パーティーの再編成をお願いします」

真っ直ぐそう言い放つ。

パーティーの再編成か。

教官の話したパーティー編成に不満を持ったらしい。

リーネのパーティーは特におかしな点は無かったと思うが、男女二人ずつの四人パーティー。俺とは別だ。何らおかしな所はない。

「何故？　私のパーティー編成は戦力バランスを考慮してのものよ？　これ以上の編成があるとは思えないわ」

なるほど。そういうことか。

確かに、どのパーティーも戦力的に見れば均等に近い編成に落ち着いているように思う。

俺も教官のこの編成以上のものは思い付かないな。

その更に上を、このリーネは思い付いたということだ。なんてやつ。

流石。と言うところか。

——なんて思った俺は大馬鹿だ。

「私を！　シファと同じパーティーにして下さい！」

「「は？」」

ほぼ全ての訓練生の口から、そう聞こえた。俺も言った。

「な、何故かしら？　理由を教えてもらえる？」

「そ、それは……」

途端にたじたじになるリーネだが、何を決意したのか、強く拳を強く握り締めながら話し出す。

「昨日！　彼は私を翼竜から助けてくれました！　自分の身を犠牲にして！」

「え、えぇ、そうね。それで？」

「……え？　それでって……自分を犠牲にして私を助けてくれたんですよ？」

「え、えぇ。それがこのパーティー編成と、どう関係あるの？」

確かに、全く関係性はないように思える。

もしくは、その時の礼をしたい。とかそんな個人的な感情によるものなら、そんな希望は勿論通らないだろう。

いったい何を考えているんだ？　コイツは。

俺達は、リーネと教官のやり取りを黙って見守ることにした。

「私は彼のその気持ちに応えることにしました」

「何を言っているの？」

話が噛み合っていない気がするが。

「まだ分からないんですか？　男性が、その身を犠牲にして女性を護ったんです！　それって、プロポーズでしょう!?」

「「は?」」

は?

「え、いや、リーネさん? どうしてそれがプロポーズになるのかしら?」

「どうしてって……。私は姉にそう教わりました! 『男性が女性を命をかけて護るのは、結婚したい相手』だと!」

教官が頭を抱えていた。俺も。

「とにかく却下よ。編成に変更はなし。以上よ!」

そう言って、教官は去っていく。

「くっ! この分からず屋! ……ごめんなさいシファ。私はアンタの気持ちに応えるつもりなのに。今回は別々のパーティーで我慢して」

リーネよ。

どうやらお前の姉は、普通ではないぞ。

◇◇◇

頭が痛い。

まさか、リーネの中では俺がプロポーズしたことになっていたとは思いもしなかった。

どうりで、昨日の翼竜との一件以降、リーネの俺に対する態度が変わっていたわけだ。

ははっ。あいつも結構乙女なところがあるんだな……。

……いや、笑えんわ。

なんせ、その俺のプロポーズは受け入れられたようだし。

『シファ！　私、妻としての作法は姉に完璧に教えられてるのよ！　だから安心してっ！』

いったい何を安心しろというのか。全くもって意味が分からなかった。

『今回は別行動だけど、これからは私達出来るだけ一緒にいるべきだわっ！』

リーネの迫力に圧倒されて、結局俺は何も言い出すことが出来なかった。

フンスカと鼻息を荒くして、自分のパーティーメンバーと調査任務に向かうべく教室を後にする
リーネの背中を、俺は唖然として見つめることしか出来なかった。

そしてそんな俺に、まるでゴミでも見るかの様な目を向けてくるルエルが……恐ろしかった。

『どうして貴方は何も反論しないの？』

その目は、そう訴えかけていた。

◇◇◇

「はぁああ」

「ははっ。アライオン、気持ちは分かるけどさ、切り替えてくれよ？　これから調査任務だぜ？」

訓練所を出て、これから街の周辺の調査任務を行う。その道中で、そう言って軽く俺を励ましてくれる短髪風爽やかボーイ。

今回、俺と共にパーティーを組むことになった訓練生の一人、ロキ・グラム。

コイツと俺は、正直これまであまり接点はなかったのだが、こんな感じで誰とでも仲良くなれるタイプの人間だ。

レーグとよく一緒にいるところを見るな。たしか、巨大な盾の扱いが得意……だった筈。

それはそうと、確かにこれから大事な教練である調査任務だ。

リーネのことは一旦棚に上げて置いて、任務に集中しよう。

「悪い……俺達はどこへ向かえば良いんだっけ？」

今回のこの調査任務《教練》の概要は、俺達訓練生20人を四人ずつの5パーティーに編成して、それぞれ別の場所の魔物を調査する。というものだ。

それぞれのパーティーには担当する区域を与えられているのだが……。

「んーっと……私達はカルディア北方面ね。カルディアから少し北にあるシロッツ村。そこまでの区域が調査対象ね」

地図を片手に、俺の質問に答えてくれた女性も勿論、今回同じパーティーを組むことになった訓練生だ。

「ひゃー、改めて見ると広いわー。こりゃちょっと大変かも知れないよ？」

名は、ツキミ・サクレン。

黒い髪を背中まで伸ばす美少女だが、落ち着いた見た目とは裏腹に、話してみると案外騒がしかったりする。

剣術と魔法のどっちもいけるらしい。

そのツキミから地図を渡された。

カルディアの街から北方面のシロッツという村を囲むように、俺達の調査対象区域が印されている。

確かに、これは少し大変な教練になるかも知れない。

これが組合から発行された正式な依頼である以上、中途半端な調査をする訳にもいかないからな。

「確かに、少し苦労するかもな。ま、三日あるんだ。焦らずに行こう」

地図を返す。

今回のこの教練は、三日間通しての調査任務だ。

流石に一日で全ての調査を終えるのは不可能。ということだ。

しかし困ったな。

俺ははっきり言って魔物とか魔獣に詳しいという訳ではない。

基本的な魔物や魔獣なら勿論知っているが、高レベルな魔物となると、少し自信はないな。

姉が教えてくれたことや本を読んで学んだことは、基本的に戦闘技術、それも様々な武装の扱い方とか、魔力の扱い方だ。

もしかしたら今回、俺はあまり役に立てないのかも……。

一応、その事を二人に伝えてみた。が——

「え？　マジかよアライオン。お前、あの戦乙女の弟なんだろ？　俺も魔物や魔獣にはそれほど詳しくねーぞ？」

「ちょっと……。私もよ？　そりゃ基本的な魔物や魔獣なら知ってるけど、高レベルの魔物や魔獣は……」

二人共似たようなものらしい。

え？　どうすんだよ。

こんな面子《メンツ》で魔物の調査とか出来るのか？

街の北側の門に向かう道中、俺達の足は止まった。

「え……どうする？　訓練所に戻って教官にパーティーの再編成頼んでみるか？」

「は？　いや無理だよ。そんなリーネみたいなこと言えるかよ」

ロキの提案は却下だ。

それに、もう他のパーティーも自分たちの担当区域の調査に向かっているだろう。

仮に頼んだところで、今更パーティーの再編成なんて不可能だ。

「「「…………………」」」

重い空気が流れる。

このままでは、下手したら俺達のせいで〝依頼失敗〟なんてことになりかねない。

「と、とにかく！　行くしかねーよ。やるだけやって——」

「あ、あのっ!!」

「「え?」」

ロキの言葉を遮って、そう声を振り絞った女性。

「わ、私……魔物や魔獣のこと、わかります」

あまり人と話すのが得意じゃないんだろう。

必死に口を動かしてはいるが、あまり声に張りがない。

少し紫色の混じった短めの髪。大きくて綺麗な瞳。顔を上げればおそらく可愛いのだろうが、彼女は俯いてしまっている。

今回の俺達のもう一人のパーティーメンバー。

ミレリナ・イニアベルだ。

その彼女が勇気を振り絞って、言葉を発した。

「え?　イニアベルさん分かるのか?　魔物や魔獣を?」

「……は、はい。魔物や魔獣のことは全部……頭に入ってます」

「ぜ、全部?　高レベルの魔物とかも?」

俺の問いに、彼女はコクコクと何度も頷く。

嘘を吐くような人間にも見えないし、彼女の性格から考えても、おそらく事実なのだろう。

うん。この子天才だわ。

「マジか!　スゲーよ!　これで俺達の調査もなんとかなるわっ。助かったよ!」

「おう！　ほんとに！　アライオンの言う通りだ！」

「実は凄かったんじゃん！　ミレリナさんっ！」

興奮して、俺は思わず彼女の手を取ってしまう。

残りの二人も、俺と似たような反応だった。

これから調査任務に就こうと思った矢先の思わぬアクシデントだったが、俺達の未来は繋がったのだ。

この、ミレリナ・イニアベルという天才少女によって。

「は、はわわわわ。ご、ごめんなさぃぃ!!」

お祭り騒ぎの俺達とは対象的に、彼女は今にも泣き出しそうだった。

◇◇◇

歩く魔物大事典、ミレリナさんを崇めるのも程々に、俺達は意気揚々とカルディアの街の北門を出た所までやって来た。

以前の討伐任務で西側には行ったことはあるが、北側にやって来るのは初めてだ。

ちなみに俺と姉の住んでいる場所は、カルディアから少し南に行った山の中にある。

うん。天気が良い。空気も綺麗な気がする。

道幅の広い街道が、ずっと向こうまで続いている。この街道を進めば、ナントカって街に着く筈。

名前は忘れた。

今回の俺達の調査範囲は、その街の手前で少し東に逸れた所にあるシロッツ村までだ。

とは言え、かなりの広範囲と言える。

その範囲内で、特に調査すべき所が幾つかあった筈だ。

「えっと、ちょっと待ってね……」

改めて、ツキミが持っていた地図を広げて視線を落とす。

「んー。ここからシロッツ村までのこの範囲内《エリア》だと……」

地図に指を這わすようにして、何やら確認している様子だ。

おそらく、調査すべき場所を確認しているのだろう。

「……北東に、西の森程ではないけどそれなりに大きな森があるね。あと、北西に大きな湖があるよ」

ま、その森と湖は確実に調査する必要があるだろう。

問題は順番か……。

三日間でこれらの場所の調査を終えなきゃならない訳だし、移動時間も考慮すると、あまり時間に余裕は無いように思えるな。

「どうする？」

そう言いながら手渡された地図に、視線を落とす。

んー。

よく分からんな。

実際、森や湖の調査にどれだけの時間が必要なのかもハッキリしていない訳だし。

そうだな……。

近い場所から回って、行って、帰ってこよう。うん。それでいい。

「よし。この北東の森を先に調べて、村まで行ってから、湖を調べて帰ってくる。これでどうだ？」

要はグルっと回って帰ってくるだけだ。

皆に地図を見せながら、俺の提案する経路を適当に指で這わせながら説明する。

他に別案があれば、それでも構わないが。

「「異議なーし」」

どうやら、ミレリナさんも特に意見は無さそうだった。

そんなこんなで、ひとまず俺達は目的地を北東の森として、街道を進むことにした。

◇◇◇

天気が良いこともあってか、街道を進む俺達の足取りは軽かった。

時おり肌に感じる風も、その要因のひとつに違いない。

とは言え、しっかりと今回の任務は覚えている。

「お！　向こうに見えるのは……確か、ウルフだ！　そうだろ⁉」

ロキが指差す方向に、確かに狼型の魔獣が数匹徘徊しているのが見える。

少し距離がある。戦闘にはなりそうにない。

「え、えっと……。下位狼《レッサーウルフ》です。危険レベルは2……です」

「だったら問題ないわね。教官から預かってるリストに載ってるわ」

地図とはまた別の紙を眺めるツキミ。

覗いてみると、どうやらその紙には俺達の担当する区域に出現する魔物や魔獣の一覧が記されているようだ。

基本的にここらを生息圏としている魔物達や、出現情報のある魔物などだ。

このリストに載っていない魔物や魔獣を見つけたら、それを調査結果として報告する。ということか。

というかミレリナさんは流石だな。

一目見ただけで、魔獣の名前とレベルまで迷いなく答えるとは。

こうして周囲にも注意を向けながら、目的地まで向かう。

街道周辺も調査範囲に含まれている以上は、調査対象というわけだ。

そして、日が高くなってきた頃。目的地に到着した。

「え？　これ？　デカくね？」

「……うん。間違いなくここだね」

ロキの声に応えるように、ツキミが再び地図を確認した。

「えぇ……。いきなりこんな、えぇ……」

「あの……ここ、カルディア高森林……て言う森です」

まだ森の中には入っていない。

だと言うのに、辺りは既に薄暗い。確かまだ日は高かった筈だ。

ミレリナさんが言うには、ここは『高森林』という森らしい。

『大森林』ではなく、『高森林』だ。

なるほど、明らかに異常な程に高く育った木々が、太陽の光を遮ってしまっている。それほどまでに背の高い木々で形成された森。『高森林』だ。

「え？　ヤバくね？　めっちゃ高レベルの魔物とか住んでそうなんだが？」

そう言うのも無理はない。

もう、この森の存在感が凄いもん。

――俺達って、ほんとちっぽけな存在だ。この森を見てると、そう思える。

「でもでも！　この森に出現する魔物と魔獣……危険レベルは高くて3……です」

「え？　そう？　そういうことなら……まぁ」

「ま、まぁ、どっちにしても中に入らないと、調査出来ないからね」

……まぁ、そうなのだが。

この森に生息している魔物の危険レベルは高くて3。それは、普段ならの話だよな。

もし、鳳凰に追いやられた高レベルの魔物や、その魔物にも追いやられた魔物が、これまでの所に代わる生息圏とするならば、この森はまさにうってつけ……なんじゃないだろうか。

「三人とも、収納から武器を取り出して、もしもの時は対応出来るようにしておいてくれよ」

「……お、おう」

「ちょっと！　怖いこと言わないでよぉ！」

「……はわわわわわ」

ミレリナさん！　慌てないで！　せっかく収納から取り出した短剣落としちゃ駄目だ。

慌てふためくミレリナさんを見て、俺も少しだけ慌ててしまうのだった。

◇◇◇

カルディア高森林に、足を踏み入れた。

外からでも、この森の異常な成長を遂げた木の高さは見て分かったが、中に入って見ると、その迫力は見た目以上だった。

周囲に立ち並ぶ木を見上げてみると、まるで自分達が小人にでもなったかのような錯覚さえ覚える。

空を覆い尽くす程の木の葉が、森の中への日の光の侵入を遮っている。

カルディア高森林。その森の中は更に暗く、独特な雰囲気を演出している。

これからこの森を調査するのだが、道と呼べる道が存在しない。

あるのは、動物か魔獣もしくは魔物の通った跡と思われる獣道のみだ。

仕方なく、俺達はその獣道を進むことにしたのだが、中々その最初の一歩を踏み出せない。

足場が悪いということもその理由のひとつなのだが、森の中の薄暗さもあってか、かなり不気味だ。見通しが悪い、というのはこれ程までに人の心を不安にさせるものなのか……。

とは言え、誰かが先陣を切らねば一向にこの調査任務は進展しない。

「よし。ロキ、お前が先頭だ」

「ちょっ、はぁ!?　何で俺だし!?」

「……落ち着け」

コイツ、本気で嫌がってんな。

まぁ、見通しも悪く薄気味悪いこの森の中だ。その気持ちは分からなくもないが……。

「お前の武器は？」

「……大盾だが」

「だろ？　ならやっぱり、お前が先頭を歩くのに相応しい。不意に前方から魔物に襲われても、その大盾で防げるだろ？」

「……ぐっ」

これは至極真っ当な人選なのだ。

見通しの悪いこの森の中だ、大盾という武具を操るロキが先頭を行けば、このパーティーの安全性は確実に上がる筈だ。

その筈なのだが……。

「ぐぬぬ……」

コイツ、なかなか首を縦に振らないな。

盾は振り回す癖に……。え。

はっはーん。さてはコイツ。

「ロキお前もしかして……」

肩にそっと手を乗せる。耳元に顔を近付けて、女連中には聞こえない程度に、呟く。

「びびってるな？　大丈夫だって、確かに薄気味悪い森だが安心しろ。今は真っ昼間だ、死霊系の類は出てこねーよ」

「なっ！　びびってねーわ！　おう良いよ？　俺が先頭を行ってやるさ！　しっかりついてこいよ！」

よし。決まりだな。

「じゃあ、ロキの次にツキミ、その後ろをミレリナさん。最後に俺の順番で森を進もう」

せめてもの償いに、一番後ろは俺が担当することにした。

◇◇◇

探り探りではあるが、俺達は四人一列となり森の中を進む。

やはり見通しは相当悪い。

前後左右、どこを見ても木。そして雑草。

もし仮に、今そこの木の陰から魔獣が飛び出してきたなら、俺達は対応することが出来るだろうか？

見える範囲には、魔物や魔獣の姿は見当たらないが、隠れる場所はいくらでもある。

——俺達の視界には、魔物や魔獣の、その姿は映っていない。

それが逆に、俺達の緊張を高めている。

いっそのこと、姿を現してくれていた方がどれだけ楽か……。

自然と俺達の会話は無くなっていた。

当然だ、今の俺達に、楽しくお喋りしている余裕なんてありはしないのだから。

◇◇◇

細心の注意をはらいながら森を進む。

たまに物音に反応して足を止めるが、その音はいつも風に揺れる木や、草の擦れる音だ。

——疲れる。

森に入ってから、まだ一度も魔物や魔獣に遭遇していない。つまり、一度も戦闘になっていない。

だと言うのに、俺達の疲労は蓄積されるばかり。

おそらく、代わり映えのしない森の景色も、余計に疲れる原因になっているのだろう。

「ふぅ……」

すっ、と息を吐く。

――その時だった。

「おかしい……です」

俺の前を歩くミレリナさんが、そう呟いた。

あまり大きな声量では無かったが、集中していたこともあってか、そのミレリナさんの声は皆の耳に届いているようだ。

皆が足を止めた。

「ど、どうしたの？　ミレリナさん。おかしいってなにが？」

もっともな疑問だ。

特におかしな所はないように思える。

その証拠に、ここまで一度も魔物に遭遇することなく、順調に調査を進めて来られた……が、ピンと来た。

――確かに、おかしいかも知れない。

「おかしいんですっ。この森には、たくさんの魔物や魔獣が生息している……はず。なのに……ここまで何もいないなんて、その気配だって何も無いのは、おかしい……です」

そうだ。

俺達は、本来いない筈の魔物や魔獣が出現しないかの調査にばかり気を取られていた。

しかし、その逆の現象に、今遭遇しているんじゃないのか？

――本来いるべき筈の魔物や魔獣がいない。

これも十分、異常と言えるんじゃないか？

「ツキミ。教官から預かってるリストには何か書いていないのか？　この森に生息している魔物や魔獣のこと」

「ちょ、ちょっと待ってね」

ま、そもそもこの森には魔物や魔獣が存在していないのなら話は別だが、それは有り得ないだろうな。

この森に入る前に、ミレリナさんも言っていたし。

「あった！　カルディア北東『高森林』ね。うん、魔物や魔獣は生息してるみたい。ミレリナさんの言う通り、最高レベルは３ね」

だよな。

なら、まだ遭遇していないだけか？　もう少し森を進めば魔物の姿があるのだろうか？

「とにかく、もう少し進んでみよう」

現状、まだこの森の半分も進めていない。

魔物や魔獣がその姿を消した。そう決めつけるのはまだ早い。

俺達は再び、森の中を歩き出した。

◇◇◇

見通しも悪く、足場も悪い。

そんな森の中を、俺達は歩き続けた。

魔物や魔獣がどこに潜んでいるか分からない。そんな緊張の中での森の調査は、思った以上に俺達を疲れさせたらしく、皆の足取りは次第に重くなっていく。

しかし、そんな俺達をあざ笑うかのように、この森のどこにも魔物や魔獣の姿は無い。

ミレリナさんの話によれば、この森には確かに多くの魔物や魔獣が生息していたという話だ。教官がツキミに持たせた資料《リスト》を見ても、それは確かなことだと分かるし、この森の中には、魔物や魔獣が生息していたと思われる痕跡はいくつも存在していた。

だが、どれだけ歩いても魔物達の姿は無い。

このカルディア高森林に生息していた魔物や魔獣は、その姿を消した。

ここまで来れば、そう結論を出すしかないように思える。

どうやら、この森をこれ以上調査しても、新たな発見を得られそうにも無い。

俺達はいったん適当な場所を見つけ、意見を交換し合うことにした。

「どう思う？」

ロキが手頃な木に背中を預け、皆にそう訊ねた。

「……ここまで探しても見つからないんじゃ、もうこの森には魔物も魔獣はいないんじゃない？

流石にさ」

「けどよ、この規模の森に生息してた魔物達が全部いなくなるってあり得んのか？」

「現にいないじゃん」

「いや、まぁ、そうだけどよ」

確かに、ロキの言いたいことも分かる。

一体や二体の話でもない。この森に生息していた全ての魔物達が姿を消した。

何故だ？

仮に、鳳凰に追いやられた魔物か魔獣によって、この森に住んでいた魔物達が捕食された。もしくは、生息地を奪われて追いやられたとする。

その場合は、新たにこの森を生息地とする、より上位の魔物か魔獣が存在する筈だ。

しかし、その姿も影もない。

ならば残る可能性は、この森に住んでいた魔物達が自ら姿を消した。ということになるが、その理由は？　この森に住めなくなった？　そんな雰囲気でもない。

……駄目だ。

俺程度の頭ではこの難題に答えを見つけられそうにない。

こういう時に頼りになりそうなのはミレリナさんだが……。

チラリと、ミレリナさんに視線を向ける。

「あ、あう……」

うん。駄目っぽい。

「アライオンはどう思うんだ？」

とにかく、これ以上この森を調査しても意味は無さそうだな。

『生息していた魔物や魔獣全ていなくなっていた』という事実を、調査結果として報告するしかないだろう。

「そうだな、これ以上この森を歩き回っても、特に意味は無さそうだ。とりあえず、森から出よう」

「……それもそうだな」

「うん、賛成」

「（コクコク）」

おそらく、この森の中のほとんどは見て回れたと思う。

調査任務としては、これで十分だろう。

俺達は、森から出ることにした。

◇◇◇

「うわ、マジかよ……」

「わー、私達そんなに長く森の中にいたんだ」

「…………」

森から出てみれば、かなり日が傾いていた。

西から差す日の光に、目を細める。

森の中は薄暗かったからな、少し時間感覚が狂ってしまっていたのだろう。

「どうすんだ？　この森の調査は終わったとして、このままシロなんとかって村まで向かうか？」

シロッツ村な。

今回特に調査すべき所はこの森と湖だが、担当する範囲《エリア》としてはそのシロッツ村近くまでが調査すべき場所だ。

なので、シロッツ村まで行って帰ってくる経路を選択した訳だ。

さて、ロキの言うとおり、この森の調査はこれで終わるとして、このままシロッツ村まで向かうかどうかだが。

ロキ、ツキミ、ミレリナさん。

三人の表情を窺ってみた。

うん。皆かなり疲れてるな。表情には出さないようにしているようだが、疲労というのはどうしても顔に出る。

特にロキの疲れが酷そうだ。

見通しの悪い森の中、先頭を歩くのはかなり疲れたのだろう。

そのうち日も暮れそうだし、こんな状態で夜の街道を進むのも気が進まない。

やはり、今日の調査はここまでにした方が良さそうだな。

となると、冒険者には定番のアレだな！

「野営しよう！」

「ま、そうなるわな。街まで戻るのも効率悪そうだし」

「……げ、やっぱり？」

「はわわわわわっ！」

ちょ、ミレリナさん!?　いきなり収納から寝袋出さないで！　まずは手頃な場所を探さないと駄目だから！

◇◇◇

森のすぐ近くに、丁度良い大きさの岩場を見つけたので、その岩の陰で野営することにした。

焚き火を囲み、各自で持参した食べ物を取り出す。

「お！　アライオンは弁当か？　やっぱ姉ちゃんが作ってくれたのか？」

「ま、まぁな」

ユリナ教官が作ってくれたとは、とても言えない。

いや、それよりも……。

「すげーカラフルな弁当じゃねーか！　栄養にも気を使ってくれてんだなぁ！　お姉さん、大事にしろよ？」

「ま、まぁな」

教官の弁当のクオリティがえげつない。

そして、そんな見た目の弁当は勿論。

――美味い。

教官、アンタ本当に完璧だわ。

◇◇◇

「じゃあアライオン、時間になったら起こしてくれ」

「ごめんね、先に休ませてもらうね」

「あ、あの！　おやすみ……なさい」

「ああ。ゆっくり休んでくれ」

食事を終えて、明日に備えて早めに休むことにした。

とは言え、街の外である以上見張りは必要だ。ツキミとミレリナさんにはゆっくり休んでもらうこととして、見張りは俺とロキが交代で引き受けることになった。

まずは俺からだ。

岩場の陰で寝袋にくるまる三人を見守りながら、俺は焚き火の番だ。

皆、森を歩き回った疲れが溜まっていたらしく、すぐに寝息が聞こえてきた。

どうやら、カルディア周辺調査三日間の初日は無事に終わりそうだ。

少し、今日のことを思い出してみた。

カルディア高森林に魔物や魔獣の姿が無いことには驚きだったが、それはそれでれっきとした調査結果だ。

何故、どうしてそうなったのかは気にはなるが、原因を調べるのは任務に含まれていないので、この森で俺達に出来ることはここまでだろう。

「ふごぉぉぉぉぉお……」

ロキのいびきが少しうるさい。

しかし、ロキがまさか、あそこまで薄暗い森を怖がるとは思わなかったな。

死霊系が苦手なのだろうか？

……死霊系と言えば、姉に連れられて行った『幽闇の古城』を思い出す。

おぞましい死霊系の魔物が徘徊する恐ろしい場所だった。

確か、あの時もこれぐらいに夜が深まった時間帯に古城に侵入していたんだったな。

姉いわく、『夜じゃないと、ここの魔物は姿を現さないんだ―。昼間は嘘みたいに魔物の影も形もないんだよ？』だったな。

…………………………。

――ッ！

反射的に森の方を振り向いた。
月明かりに照らされた『高森林』が、今もそこに変わらずに存在している。
姉の言葉で、ひとつの可能性に思い至った。
魔物や魔獣が姿を消したこの高森林に異常が起こっているのは間違いないだろう。
俺達の調査結果は『生息していた魔物や魔物は全ていなくなっていた』だ。
しかし、それでは不十分だ。
何故なら、今、この時。この夜の深くなったあの高森林は？
昼間は魔物はいなかった。
だが、夜は？
考えが甘かった。
――高森林の調査は、まだ終わるべきではない。

#8 『妖獣 玉藻前《タマモノマエ》』

やはり調査するべき。

夜の深まった今この時のカルディア高森林は、どうなっている？

魔物も魔獣も存在していないのはやはり、より上位の魔物に淘汰されたと考えるべきだ。

そして、その上位の魔物は、夜に姿を現す死霊系統なんじゃないか？

勿論、確証はない。あくまでも可能性のひとつ。

ただ、調べてみれば分かる。

となれば、もう一度森に入る必要があるのだが……。

「ふごぉぉぉぉぉお」

「………ん、んぅ」

「………………………」

皆は熟睡中だな。

このまま今日が終われば、残りの調査期間は二日。

残り日数的に、明日や明後日の夜に再びこの森の調査をしている時間はないよな。

ならば、今だ。今、もう一度森に入るしかない。
――けど。
今三人を起こすのは少しかわいそうな気がするな。
それに明日は村まで行く予定だし、皆が寝不足になるのも不味い。
――俺一人でいくか？
いや、流石に見張りを放棄するのは不味いし。
「ふごぉぉぉぉぉお」
……しょうがない、ロキを起こそう。
ロキには悪いが、俺の代わりに見張りを頼むしかないな。
すまん！
寝ているツキミとミレリナさんを起こさないように、俺はソッと立ち上がる。
そして、相変わらずいびきのうるさいロキに歩み寄る。
「（おい、ロキ。起きろ。おい）」
耳に顔を近付けて、小声で呼び掛けた。
「ふごぉぉぉっ、ごっ！　……ふごぉぉぉぉぉお、っへへ」
何の夢みてんだ？　幸せそうに寝てやがるが、その夢はそこまでだ。
――ごめんよ。
そう心の中で謝りつつ、ロキの頬を平手打ちした。

「────ッ!?　ぶっ！」

◇◇◇

「……な、なるほど。夜の森か……その発想はなかったな」

慌てたように飛び起きたロキをなだめてから、俺は事情を説明した。

「けど、流石にアライオン一人で森に入るのは危険なんじゃないのか？」

「大丈夫だ、いざとなったら逃げる。それに、どんな状況でも収納魔法を扱える俺なら、身軽に動けるしな」

寧ろ、一人の方が素早く行動できる。

それでも不満そうなロキに、「なら、夜明けまでに俺が戻らなければ、皆と一緒に俺を探しに来てくれ」と言ったことでようやく納得してくれた。

ロキには、寝ずの見張り番を任せてしまうことになるのが少し申し訳ないが、我慢してもらおう。

「じゃぁアライオン、気をつけてな。こっちのことは心配すんな」

「あぁ、頼む。……それと、俺のことはシファと呼んでくれ。今さらだが……」

「お、おう。確かに今さらだが……分かったよシファ。改めてよろしくな」

少し照れくさそうに差し出された右手を、俺はしっかりと握り返した。

なんだか変なタイミングでロキとの距離が縮まったようだ。俺も少し照れくさい。

そして、ツキミとミレリナさんのことはロキに任せて、俺は一人、夜のカルディア高森林へと向かっていった。

◇◇◇

月明かりによって不気味な雰囲気を漂わせる高森林だ。
見上げてみても、夜闇のせいでこの木々がどこまで伸びているのかは分からない。
ただ、森に近付いてみると、夜の闇の中に巨大な壁が出現したような錯覚を覚える。
森に入れば見通しは昼間よりも悪いだろう。
ほんの僅かな月明かりを頼りに、森の中を歩かなければならない訳だ。
そう思うとなかなか最初の一歩を踏み出せない。
しかし、あまり時間はない。
行くしかない。
そう思って、足を前に出した時だった。
「――ッ!?」
不意に肩を摑まれた。
慌てて振り向きながら、収納から剣を取り出した。
すると――

「っ！　はわわわわわ！　ごめんなさいごめんなさい！」

「えっ!?　ミレリナさん??　どうしてっ」

急に肩を掴まれ、びびる俺にびびるミレリナさんが、転んだ。

「……あ、あの、さっきの話、聞こえちゃって……きっと私も役に立てる。私も行きます」

あちゃー、起こしてしまってたのか。悪いことしたな。

「いやでもミレリナさん、疲れてるだろ？　休んでおいた方がいいんじゃ……」

「大丈夫。ロキ君にも言ってきたし……それにシファ君、魔物の名前……分からないでしょ？　私なら……分かるよ？」

……………………。

確かに。

ロキにはああ言って出てきたけど、俺、魔物の名前全然知らねーじゃん。これじゃ調査になんねーじゃん。

「……よし。ミレリナさん、一緒に行こうか」

「っ！　う、うん！」

すげー可愛い笑顔。

結局、俺はミレリナさんを連れて、夜のカルディア高森林に侵入することにした。

◇◇◇

カルディア高森林に足を踏み入れた。

勿論見通しは悪いが、思っていた程でもなかった。意外にも月明かりが森の中に入り込み、全く見えないと言うような状態でもない。

——が。

明らかに異質。

昼間とは違って、空気は重く、体中にまとわりつくような嫌な雰囲気が森を支配している。

森に入ってから、急激に体感温度も下がっているし、時おり耳に届く不審な声。

森の中は、魔物の気配で満ち満ちている。

しかし、その姿は見えない。

「ミレリナさん、死霊系の魔物も知ってるのか？」

ミレリナさんの手を引き、周囲を警戒しながらゆっくりと進む。

「……う、うん。魔物と魔獣のことは全部……頭に入ってる」

それは頼りになることこの上ないな。

せめて、この夜の森に出現するようになった魔物くらいは、幾つか特定しておかないと調査としては不十分だろう。

とにかく、もう少し進んでみよう。

周囲を観察してみる。

魔物の気配はする。

しかし姿は見えない。

遠くから、僅かな物音も聞こえてくる。

何か、地面を蹴るような音が、あちこちから。

その内のひとつが、次第に大きくなっていく、ような気がする。

いや、間違いなく大きくなっている。

ってかこれ、こっちに近付いて来てるんじゃ……。

——間違いない！　この音は、俺達を目指して進んでいる。

「ミレリナさんっ！　こっち！」

「は、はうっ」

慌てて俺はミレリナさんを抱き寄せて、近くの木の陰に身を隠す。

次第に近くなる音に耳を傾けて、ソイツがすぐソコにやって来た事を確信してから、少しだけ、顔を覗かせた。

音の正体は——

——馬だ。

しかし、普通の馬じゃない。黒光りする鎧を着込む軍馬。

そして、その馬に跨がる者がいる。

軍馬と同じく、全身を鎧で包みこみ、片手に大剣を持つ兵士。なのだがコイツ、顔が無い。

本来顔がある筈のソコには、鎧の奥から溢れる青い炎のようなものが揺れている。

——兵士。というよりは、顔のない鎧。そう言った方が正しい気がする。

顔がないために、いったいどこを見ているのか分からないが、俺達を探しているようだ。

「(ッ！　デュラハンですっ。危険指定レベル6、危険指定種ですっ)」

ミレリナさんが、小声でそう話す。

レベル6。

間違いなく、本来ならこの森に存在しない筈の魔物だ。

「(デュラハンは、生者の生命力を感じ取りますっ！　このままじゃ……見つかりますっ)」

ゆっくりと、デュラハンの足音が近付いてくる。

ミレリナさんの言うとおり、コイツは俺達の何かを感じ取っているのだろう。

俺達が身を潜めた木の、すぐソコまでに迫ってきていた。

——やるしかない。

ミレリナさんを連れてこの森の中を逃げるのは正直厳しい。

戦闘は避けたかったが、いきなり魔物に遭遇してしまった。

俺は、収納魔法を発動させた。

すると、伸ばした右腕の少し先に魔法陣が出現し、暗い森の中を僅かに照らしだす。

収納空間という別次元の空間から物を取り出す魔法『収納魔法』。

収納から物を取り出すには、どうしても魔法陣を介する必要があり、その魔法陣を隠すことは不可能だ。

これは姉も言っていたことだし、事実姉も、収納から武器を取り出す際には必ず魔法陣を出現させていた。

この夜の闇の中でのその魔法陣は、嫌でも目立ってしまう。

なので俺は、収納魔法を発動させながら木の陰から飛び出した。

デュラハンの標的を、俺のみに向けさせる。

陰から飛び出し顔を向けた先には、軍馬に跨がったデュラハンが大剣を振りかぶった状態で待ち構えていた。

俺が飛び出してくるのを予想していたのだろうか。——という疑問は、確信に変わった。

何故なら、その大剣は的確に俺を捉えているらしく、俺の顔面に正確に、振り下ろされつつあるからだ。

待ち伏せ。という作戦を取れる程度の知能が、どうやらコイツにはあるらしい。

しかし、別に驚きはしない。

姉に連れられた場所にも、この程度の魔物や魔獣は存在していた。

素早く周囲の状況を、視線だけで確認してみた。

まず、コイツ以外に魔物の姿は見えない。

そして、周りには障害物となる木がそこら中に立っている。

これでは間合い《リーチ》の長い武器は使いにくそうだ。

次に、ようやく俺はデュラハンの大剣に意識を向けた。

遅い。素直にそう思った。

クルリと、その場で体を翻し、立ち位置を少しズラす。

するとデュラハンの大剣は、今まで俺が立っていた場所の地面に激突した。

それを確認するよりも早く、俺は飛び上がってデュラハンとの距離を一気に詰めた。

収納魔法で俺が取り出したのは——『小太刀・吸血姫《ルシエラ》』だ。

姉曰く、『やっぱり小太刀は小回りが利くから狭い場所での戦闘にはピッタリだよねー。それにこの小太刀は魔法的存在にも効果があるから、絶対持ってた方がいいよ！　いざというときのためにっ』

我が親愛なる姉に感謝しつつ、俺は小太刀《ルシエラ》をデュラハンの顔……ではなく、青い炎に突き立てた。

すると、青い炎の勢いは急速に衰えていく。

まるで心臓のように激しい動きを持っていたその炎は、小太刀に吸われていくかのように、徐々に、その生命力を失くしていった。

小太刀・吸血姫《ルシエラ》。

確か、姉が昔、何かの討伐任務で向かった先で、偶然知り合った吸血鬼のお姫様から分けてもらった血液を混ぜて鍛え上げられたのが、この小太刀だと言う話だ。

この小太刀は、対象の魔力と生命力を喰う。

「……は、はわわっ！　もしかして、倒しちゃったんですか!?」

そこに、ひょっこり顔を覗かせたミレリナさんが、まるで信じられない光景でも見たかのような反応を見せている。

「あぁ、なんとかな。どうやら青い炎みたいなのが弱点だったようだ。ソコを攻撃してやれば、簡単なものだった」

「え……いや、でもデュラハンは死霊系なのに、どうやって……？　物理系統の攻撃は効かない筈なのに」

死霊系には、物理攻撃の効果は薄い。

中には、完全に効果が望めないものも存在する。デュラハンは、どうやら後者だったようだ。

「あぁ、それなら――」

別に隠す必要もない。

俺は、ミレリナさんに小太刀を見せ、これがどういった武器なのかを一通り説明した。

勿論、これは姉から譲り受けた物だと付け加えた上で。

――すると。

「きゅ、きゅ、きゅ……吸血姫ルシエラぁぁあぁぁあっ!?」

「えぇっ!?　なに！　どうしたん!?」

突然叫び出した。

ミレリナさんの声が、夜の森に木霊する。

「はわわっ！　ごめんなさいっ！」

慌てて自らの口を塞ぐミレリナさん。

今の絶叫、森の魔物にも聞こえているだろう。

もしかすると魔物がここに集まって来るかもしれない。

「と、とにかく場所を変えよう」

話は後にして、俺達はひとまず場所を変えることにした。

◇◇◇

森を徘徊している魔物を記録しつつ、俺達は安全な場所を探す。

勿論、魔物との戦闘は極力避けたいため、木の陰に身を隠しながらの移動だ。

今回の教練《任務》はあくまでも調査だ。これでいい。

そうして、大きな木の陰になる手頃な場所を見つけた。

俺達は、そこで少し休憩することにした。

すると、未だに少し興奮した様子のミレリナさんが、出来るだけ声を抑えつつ話し出した。

「し、シファ君っ。吸血姫ルシエラのこと、知ってるんですか!?」

「い、いや？　姉から聞いただけだから、俺は知らないが」

「シファ君っ、吸血姫ルシエラは、危険指定レベル28の伝説級の魔神種ですっ！　お姉さんは、その吸血姫を討伐したんですかっ!?」

「い、いや？　血を貰っただけって言ってたから、討伐はしてないんじゃないか？」

目を爛々と光らせながら迫るミレリナさんに、若干気後れしてしまいながら答える。

するとミレリナさんは少しホッとしたような表情を見せた。

「ちょ、ちょっとその小太刀、ソコに置いてもらっていいですかっ？」

「い、いいけど……」

言われたままに、俺は小太刀《ルシエラ》を地面に置こうと手を伸ばす。

――が。

「あぁっ！　ちょっと待って！　汚れてしまいますっ！　こ、これの上に置いて下さいぃ」

慌てて俺の手を制してから、ミレリナさんがどこからか取り出したハンカチを、地面に広げて敷いた。

この上に置けということかな……。

「…………………」

黙って置いてみた。

可愛らしい花柄のハンカチの上に置かれた小太刀。

黒い刀身に、赤と金の装飾が施された小太刀だ。

「は、はわわっ！　これに、吸血姫《ルシエラ》の血が使われているんですねっ」

「よ、良かったら手に取ってみたら？」

「ひ、ひいぃ！　そんな、畏れ多いですっ！」

そ、そんなに大騒ぎすることなのか……。

「はぁ……。魔神種の一角、吸血姫……見てみたいです」

小太刀にうっとりとした表情を向けるミレリナさん。

まさかこんな場所で、ミレリナさんの本性を知ることになるとは。

ミレリナさんはおそらく、魔物魔獣オタクというやつだ。

そんな彼女にとって吸血姫とは、どうやら崇めたくなるほどに崇高な存在らしい。

◇◇◇

ミレリナさんの興奮が収まるのを少し待ってから、俺達は夜の高森林の調査を再開した。

僅かに差し込む月の光を頼りに、森を進む。

木の陰や、生い茂る草に身を潜めつつ、徘徊している魔物を記録していく。

「ミレリナさん、あれは何て魔物なんだ?」

草の陰に隠れながら、暗い森の中を漂うようにしながら徘徊する青い炎のような魔物に視線を向ける。

「あれは……ウイスプです。レベルは3ですが、本来この森には生息していない筈の魔物です」

またた。

夜のこの森を徘徊している死霊系の魔物。そのほぼ全てが、本来ならこの森には存在しない筈の魔物だ。

間違いなく、この高森林に出現する筈の魔物と魔獣に変化が発生している。

本来この森に生息していた魔物達は、この死霊系の魔物に淘汰された、もしくは追い出された。

ということか。

これも鳳凰が出現したことが原因と考えていいのだろうか……。

つい、そんなことを考えてしまうが、やはり俺達がそこまで考える必要はない。

俺達は、調査するだけでいい。

「よし、夜明けまではまだ時間がある。もう少し奥まで進んでみよう」

更に、森の奥へと進む事にした。

◇◇◇

「あれは……ジャックランタンです」

ふわふわと可愛らしくも恐ろしい、カボチャの魔物が妖しい光を放ちながら徘徊している。

「あそこに見える白い浮遊体は……スクリームです。あまり見ない方が……」

かと思えば、半透明で見るからに恐ろしい浮遊体が、群れを成して森の中を突き進んでいる。

完全物理耐性でも持っているのだろう、木という木をすり抜けて真っ直ぐ突き進んで行った。

どこへ向かったのだろうか。

「あそこにいるのは……」

目に止まる魔物の名前とレベルを教えてくれるミレリナさんには相変わらず感心するが、少し不味い気がしてきた。

と言うのも、森の奥へ奥へとやってくるうちに、魔物の数がかなり多くなってきたからだ。

間違いなく俺達は森の中心へと進んできたのだが、徘徊する魔物の数と種類が明らかに多くなっている。

——そろそろ引き返すべきか？

そう思わざるを得ない程に、どこもかしこも魔物だらけだ。

幸いにも、デュラハンのように生命力を感じ取ることの出来る魔物に出会していないために、ここまで見つからずに進んで来られたが、もういつ見つかってもおかしくはない。

流石に、これだけの数の魔物達を相手にミレリナさんを護りながら戦う自信がない。

——そろそろ潮時だ。

そう思ったのだが。

「っ！　シファ君、あそこ……見てください」

木の陰に身を隠しながら、ミレリナさんが俺に示す方向があった。

俺もそちらへ視線を向けてみた。

「なんだ……あれ」

そこは、この高森林の中にポッカリと存在する、少し拓けた空間だった。

昼間来たときは気付かなかったが、こんな場所があったのか。

しかも、その場所の中心に、まるで天から光で照らされているかの様に、月の光が差し込んでいる。

その月の光が照らす場所に――

――少女が、座っていた。

綺麗だ。

そんな感想しか出て来ない程に、月の光を浴びるその少女は幻想的で、神秘的ですらある。

しかし。

「(シファ君っ！　あ、あれは、危険指定レベル18……妖獣、玉藻前《タマモノマエ》ですっ)」

そんな俺に、ミレリナさんの焦る声が飛び込んできた。

レベル18？　あの可愛らしい少女が？　何かの冗談だろ？

そう思い、ミレリナさんの表情を窺うが――

「…………………」

ミレリナさんの額に浮かぶ嫌な汗と、震える手、泳ぐ視線が、全て真実なのだと訴えていた。

どうやら、間違いないらしい。

危険指定レベル18。

とても訓練生《俺達》の手に負えるレベルではなさそうだ。

調査結果として組合に報告するべき存在だ。

「…………」

「…………」

——今すぐ引き返そう。

ミレリナさんと視線を合わせ、頷き合った。

絶対に見つかっては駄目だ。

ただでさえ、周りは魔物だらけだというのに、あんな大物まで相手に出来る訳がない。

そう思って、来た道を引き返そうとした時だった——

「もし？　ソコに誰か居るのであろう？　人間……であるな？　姿をお見せ」

まるで、耳元で囁かれているかのように、少女のような美しい声が響いた。

ミレリナさんにも聞こえたらしく、ふるふると震えながら顔を青くしている。

確認するまでもなく、あそこで月の光を浴びている少女——玉藻前が発した声だろう。

「二人……居るのであろう？　悪いようにはせぬ、姿を見せておくれ」

甘く、透き通るような声。

ソコの少女《玉藻前》とは、まだそれなりの距離があった筈だが、不思議と耳元で囁かれているように聞こえる。

とにかく、俺達のことはバレているらしい。

果たして、どうするべきか。

言われた通りに姿を見せるべきか？　逃げるか？

それとも……戦うべきか？

レベル18が、いったいどれ程の強さなのかは分からない。

以前に倒したレベル7の翼竜は、正直てんで弱かった。

さっき見た少女の姿を思い出してみる。

姿は人間に似ていた……気がする。

少なくとも死霊系ではなさそうだ。となると、物理攻撃は通用する筈。

森の中だが、この場所は少し拓けた空間だ、長剣を使えるだろう。

「どうした？　隠れておるのは分かっておるよ。恐れて……おるのか？」

「………」

震えるミレリナさんが、視界の端に映る。

俺一人なら、全力で走れば逃げ切れるだろうが、ミレリナさんも一緒の今、その選択肢は無しだ。

ミレリナさんを危険に晒すことは避けたい。

ならば、姿を見せるか、戦うかの二択だ。

俺達が隠れているのはバレている。

しかし、どこに潜んでいるのか、その正確な位置まで奴は分かっているのか？　……分かっていないんじゃないか？

なら、姿は見せるべきではない。

奴の言っていることがどこまで信用出来るのかも分からない現状、奴の言葉に従うこともできない。

――やるか。

飛び出し、一気に距離を詰め、収納から『聖剣《デュランダル》』を取り出し、首を刎《は》ねる。

大丈夫だ。姉との特訓を思い出せ。

レベル18と言っても、姉のほうが強い……と思う。

とは言え、俺は姉に一度も勝ててはいないが……。

「ふぅー……」

軽く息を吐き、集中する。

「はっ！」

全神経を集中させ、俺は体を素早く回転させながら木の陰から飛び出した。

力強く地面を蹴り、今も変わらずにソコで月の光を浴びながら座る少女目掛けて駆けた。

一気に距離が詰まる中で、月に照らされる少女の姿が鮮明になった。

非常に美しい少女。

白銀の細い絹糸のような髪は、月の光に照らされて神秘的な光を放っている。

柔らかそうな白い肌も、大きな瞳も、どこからどう見ても人間のソレだが、どこか現実味のない雰囲気に包まれていた。

ただ、その背後にある大きな九つの尾が、彼女が人間ではないことを証明していた。

間合いに入ったところで、俺は収納魔法を発動させる。

いつもの白く輝く魔法陣が出現し、そこから『聖剣』を取り出そうとした。
「……魔法はやめよ」
小さな呟きだった。
今度は耳元で聞こえたのではなく、ソコの少女の口から聞こえた。
いや、そんなことはどうでもいい。
その少女の呟きに呼応するかのように——
俺が収納から武器を取り出すために出現させた魔法陣が、霧散していた。
思いもよらない状況に、混乱してしまう。
何が起こった？
魔法陣が消えたのか？　何故？
この少女《玉藻前》が何かしたのか？
魔法か？
——わからない。いったいどういうことなのか。
いや、もう一度だ、もう一度収納から聖剣を取り出すっ。
もう既に少女の間近にまで迫ってしまった。
今更引き返すことなんて、出来る訳がないんだ。
とにかく、収納魔法を……。
…………。

「っくそ！」

駄目だ。考えがまとまらない。

こんなことは初めてだ。

集中できない……。

魔法陣が消される以前に、収納魔法を行使することができない。

集中力と想像力、それに精神力が万全でないと、収納魔法は扱えない。

どれだけ激しい戦闘中でも、収納魔法が扱えないなんてことは無かったのに、いざ初めての体験をすると、このザマか。

これでは、いつまで経っても姉を超えることは出来ないな。

俺はその場で停止し、少女との距離を取った。

——やられた。

そう心の中で悪態をつく。

結局、俺はむざむざと少女の前に姿を現してしまった訳だ。

武器も持たずに、手ぶらで。

しかし、収納魔法陣を消滅させるなんて、そんな事が可能なのか？

いや、実際にやられたのだから、少なくともこの少女には可能なのだろう。

逃げるか？

収納魔法を扱えないいんじゃ、勝ち目はほぼ無くなったと言える。

しかし、逃げ切れるのか？

目の前のこの少女から。

今もソコで、月の光を全身に浴びる美しい少女。

危険指定レベル18、妖獣――玉藻前から、武器も無しに。

一か八か、素手で戦ってみるか？

そう、考えていた時だった――

「シファくんっ！」

隠れていた木の陰から姿を表し、ミレリナさんが俺の名を呼んだ。

いったい何を考えているんだ？　そう思ったが。

「妖術ですっ！　収納魔法陣は消えたんじゃないですっ！　そう見せられただけですっ」

「ッ！」

ハッとした。

なるほど、妖術か。厄介な。

魔法陣は消されてなんかいなかった。

そう見せられていただけだ。おそらくは幻の類いだろう。

ソレを見せられて、俺が勝手に混乱して、収納魔法が扱えなくなっていただけだ。

情けないったらない。

ミレリナさんには感謝だな。

もう一度、ソコに座る少女に視線を移す。
笑っていた。
下品な笑いではなく、可憐で、美しい、上品な笑みを浮かべている。
強者の余裕というやつか？
ま、別に構わないが。
「ふぅ」
軽く息を吐いて、集中する。
やはり、ミレリナさんの言っていた通りだ。
収納魔法陣はいつもの様に出現し、今度は消滅する気配はない。
魔法陣から伸びてくるように出現した聖剣を、俺はしっかりと握り締めた。
少女との距離は、遠くはない。
ここからなら、一瞬で間合いに入り込めるだろう。
腰を落とし、踏ん張る。
少女が何かを仕掛ける気配はない。
周りにも、他の魔物の気配はない。
レベル18、玉藻前。ここで討伐してやる。
歯を食いしばり、足に力を込めて、全力で地面を蹴った。
全力だった。

俺が蹴ったことにより、地面が抉れたことが感触で分かる。

そして、一瞬で少女の懐にまで飛び込んだ俺は、首に狙いを定めて聖剣を振り抜いた。

――入る。

そう直感した。

だが、何故この少女は何もしてこない？

気になって、少女の顔を窺ってみると――

――目を閉じていた。

まるで眠るような、安らかな表情だった。

ソコには、戦意とか、殺意とか悪意といった物がなにひとつ感じ取れない。

「――ッ！」

なんなんだいったい!?　何を考えてる？　コイツは。

「……どうした？　斬らぬのか？」

――ハラリと、絹糸のような白銀の髪が数本、月明かりの中、空中を漂い地に落ちる。

俺の振るった聖剣は、少女の首、その寸でのところで止まっている。

「悪かった。危害を加えられた訳でもなく、ましてや敵意すらも向けられていないのに、一方的に攻撃した……」

そう言いながら、聖剣を収納に戻す。

考えてみれば、初めからコイツは俺達を攻撃しようともしていない。

『姿を見せてくれ』

そう言っていただけだ。

だと言うのに、危険レベルが高いからと、俺は一方的に攻撃してしまった。

しかし、ここは夜の森の中だ。

この少女がどういうつもりなのかは置いといても、遠くには魔物の気配はある。

注意は怠らないようにしよう。

「どういうつもりだ？　どうして攻撃してこない？　妖獣……なんだろ？」

「ふむ。その前に、もう一人もこっちに呼んでおくれ。周りの魔物達には手出しさせぬでな」

ミレリナさんのことか。

魔物達に手出しはさせない。か。

いったいどういうことか気になるが、少なくともコイツが俺達に敵意を向けていないのは事実。

ひとまずは、信用してもいいだろう。

ミレリナさんを呼んだ。

「はわわ……妖獣、玉藻前だ、近くで見ると……か、かわいい」

まぁ、同感だが、さっきまではアレだけビビってたのにな。

ミレリナさんも案外大物だな。

「で？　その妖獣、玉藻前がいったいここで何してる？　俺達を攻撃しない理由は？」

危険指定レベルなんて物の18を付けられているんだ。

さぞかし強いんだろう。なのに、俺達を攻撃するどころか、敵意すらもない。

もしあのまま、俺が剣を止めなかったらコイツの首は今頃そこら辺に転がっているのに。

何か、理由がある筈なんだろうが……。

「理由はコレじゃ……」

そう言いながら、身に付けていた着物をはだけさせる。

露になる白い肌に一瞬ドキリとするが、すぐに異常に気がついた。

「……なんだ……これ」

「ひ、酷い」

透き通るような白い肌は、とても魅力的に映る。

しかし、その白い肌の至るところに、激しくただれた跡があった。

痛々しく、目を背けたくなるほどの傷。いや、火傷か。

「これは……鳳凰の聖なる炎、聖火によって負わされた傷じゃ」

鳳凰……か。

「この、聖火で焼かれた傷は、月の光を浴びせることでしか癒やすことが出来ぬ。それに、今の我に人間《おまら》と戦う程の妖力も気力もありはせぬ。この傷が癒えるまではな……」

はだけさせた衣服を整えながら、少女《玉藻前》はそう話す。

相変わらず月の光に照らされて、そんな些細な所作ですら美しく映る。

それだけに、彼女の肌に負った聖火とやらの傷が目立つが、当の本人はそれほど気にしていない様子だ。

「傷ついて……いるのか？　戦えないほどに？」

俺のその問いに、少女は静かに頷いた。

危険指定レベル18。妖獣——玉藻前。

本来、彼女が住まう場所はここではない。

ここより更に大陸の中枢。王都より更に東にある『イナリ山』。ソコの『イナリ社《やしろ》』という祠が本来の彼女の生息地、というか住んでいた場所らしいが——

「ある日、鳳凰がやって来ての」

ある日、そのイナリ山に鳳凰が住み着いた。

危険指定レベル20。幻獣——鳳凰。

突如として出現した鳳凰により、イナリ山は聖火に包まれた。

レベル20という強力な幻獣の出現により、ソコに生息していた多くの魔物と魔獣は山の外へと追いやられたのだろう。

それが巡りめぐって、先日のコカトリスや翼竜の出現に繋がっていた訳だ。

そして——

「我は鳳凰を撃退しようとしたのだが、一歩、及ばなかったのよ」

ということらしい。

まぁ、自分の家に無断でやって来て滅茶苦茶にされて、我慢出来る奴なんていないだろうしな。

相手が圧倒的に強い存在なら諦めもつくだろうが、玉藻前だって十分に強力な妖獣らしいし、鳳凰と玉藻前が戦闘になるのも必然だったのだろう。

要するに、なわばり争いみたいなものだ。

で、玉藻前は敗けた。

そして、その時の聖火による傷は月の光を浴びせることでしか治すことが出来ず、この森で治療中。ということらしい。

「なるほど。で？　それならどうして俺達を呼び止めた？」

俺達は玉藻前を見つけた時、そのまま引き返そうとした。

なのにコイツはそんな俺達を呼び止めた。

戦う力も無く、傷付き、傷を癒している最中のコイツからすれば、あそこで俺達を呼び止める理由は無いように思える。

現に、おかげでコイツは俺に討伐されかけたんだからな。

何か、理由があるんだろう――

そう思った。

「――ッ!?　え、ちょ、なに？」

「ふぇえっ!?」

玉藻前が、俺の質問に対する答えとして選んだのは。

――土下座だった。

座ったまま、頭を地面につける程の土下座。

美しい白銀の長い髪が垂れ下がり、地面に触れる。

そんな状態のまま、玉藻前が話し出した。

「……どうか、我を見逃して欲しい。我は、再びイナリ山へと戻りたいのだ。そのために傷を癒し、次こそは鳳凰を討つ」

顔を上げないまま、玉藻前は言葉を続けた。

「おそらく、お主らは同族《人間》にここで見た事を報告するのであろう？　傷が癒えればすぐにでも我はここから立ち去る、なのでどうか、それまで待っていて欲しい。もしも今、他の者に襲われでもすれば、我に抗《あらが》う術はないのだ」

全てお見通し。というわけか。

あの時、ここで玉藻前を見つけた時の俺達の僅かな行動から、コイツは俺達の目的に感付いた訳だ。

見たところ、嘘を言っているようにも見えないが……。

「玉藻前は……」

そこで、隣のミレリナさんがソッと話し出した。

「玉藻前は、『イナリ山の護り神』とも呼ばれていた妖獣です。非常に強力な力を持っているため、レベル18に定められていますが、本来は自分から人間を襲うような妖獣では無い……と、聞いたことがあります」

未だに顔を伏せたままの玉藻前に視線を移す。

見た目は人間そのものだ。

九つの尻尾を除けば……だが。

非常に可愛らしい少女。本当にその通りだ。

『護り神』と言われても納得のいく容姿をしていると思う。

「はぁ……」

しょうがない。

これだけ可愛い少女にここまで頼まれて、断れる男がこの世に存在するだろうか？　いや、いないね。

少なくとも、俺には無理だ。

――ポン。と、玉藻前の頭を軽く撫でる。

「……？」

すると、玉藻前がようやく顔を上げた。

黄色い瞳を見開きキョトンとした表情が、とてつもなく可愛い。

「わかったよ。だけど俺も嘘を言うことは出来ない。ここでのことは報告した上で、お前に危険がないってことを説明して、手は出さないようにしてもらうから、安心してくれ」

出来るだけの笑顔を作って、そう言ってやる。

――ホッ。と、隣のミレリナさんが胸を撫で下ろしているのが見えた。

「……おぉ！　済まぬ。恩に着る！」

優しく手を握られた。

うん。可愛い少女に感謝されるのは、なかなかに良い気分だな。

「──けどな」

だがひとつ、玉藻前に言っておかなければならないことがある。

それは──

「鳳凰は、お前が帰る頃には既に討伐されているかも知れない」

確か、我が親愛なるロゼ姉が、鳳凰の討伐に向かったとかなんとか。

冒険者組合支部長の……幼女がそう言っていた筈だし、もしかすれば玉藻前が帰る頃には全て片付いている可能性がある。

「……ふむ。お主ら人間《にんげん》の中にも強大な力を持つ者がおるのは知っておる。もし、本当に鳳凰が討伐されるのなら、それに勝ることは何も無い。我は、我が社へと帰ることが叶うなら、なんでも良いよ」

どうやら、玉藻前は復讐がしたい訳ではないようだ。

ただ、自分の家に帰りたいだけなのだろう。

だったら、俺も出来る限りのことはしてやる。

「よし、じゃあお前はその傷を治すことに専念してくれ。で、完治したら自分の家に帰れ」

「済まぬ。感謝する」

もう一度、深く頭を下げる玉藻前。

態度はでかく、話し方も偉そうだが、しっかりと礼を言うことが出来るし、礼儀を弁《わきま》えている。

流石は『護り神』なのかな？　昔のリーネに見せてやりたいよ、ホント。

「じゃ、俺達は帰るから」

話し込んだらそろそろ夜明けの時間が近付いていた。

ロキが心配しているかも知れないし、そろそろ帰った方が良さそうだ。

「おぉ、お主ら、帰りは堂々と森の中を歩いて帰れば良いぞ？　魔物達には手出しはさせぬのでな」

「……？」

「……？」

そんな事が可能なのか？

そう思って、俺とミレリナさんは首を傾げ合った。

「では、気を付けて帰るが良い。本当に感謝しておるでな」

そう言いながらまたしても深々と頭を下げる玉藻前に手を振りながら、俺達は森の中を引き返していく。

◇◇◇

試しに、言われた通りに堂々と森の中を練り歩いてみた。

――すると。

「はわわっ。凄いです、死霊系の魔物達が一切私達に興味を示しませんっ」

玉藻前の言うとおり、森の中を徘徊する魔物達は、俺達のことを敵と認識していないようだった。

あのデュラハンさえも、俺達の存在に気付きはするものの、とうとう敵対行動を取ることはなかった。

魔物達を操る妖獣――玉藻前か。

なるほど、場合によっては危険な存在だな。

夜のカルディア高森林。

昼間とは全く違う世界と化していた森の調査は、こうして終わりを告げた。

本来生息している筈の魔物、魔獣の姿はなく、夜には数多くの死霊系の魔物が出現するようになっている。

また、森の中心の一角に、危険指定レベル18の妖獣――玉藻前が、鳳凰につけられた傷を癒やすために潜伏中。

この妖獣に敵対する意思は無く、討伐の必要は無しと思われる。

調査結果報告は、コレが妥当なところだろう。

あとは――

我が親愛なる姉が、さっさと鳳凰を討伐してくれれば良いのだが。

森を出て、夜明けの陽射しを背景にロキとツキミが俺達に向かって手を振っているのを見つけながら、そんなことを思う。

姉は、今頃どこで、何をしているのだろうか。

#9 《戦乙女の〝絶〟級任務》

「お、おい……あそこに座ってるのって――」

「っ！　馬鹿野郎！　見るんじゃねぇよ！　視線を向けるな！」

大陸中枢に位置する王都。そこの冒険者組合には、今日も多くの冒険者達が足を運ぶ。

発行された依頼書の中から、自分達に見合った物を探し、受付に運び、手続きを済ませる。

そうして依頼に向かう者から、様々な情報交換にやってくる者まで、非常に多くの冒険者達が、この組合に集まってきている。

そんな彼等の中で、今一番話題に挙がる物と言えばやはり、

――イナリ山に出現した幻獣、鳳凰についての話だ。

危険指定レベル20。

もし討伐すれば、いったいどれ程の金と名誉が手に入るのか。

少なくとも、冒険者としての等級は一気に上がるだろう。

王都の冒険者組合は、そんな話に持ちきりになっていた。

鳳凰の影響で周辺地域の魔物や魔獣の生息分布が乱れ、予期せぬ強敵と出会してしまい、多くの

若い冒険者が命を落とした。というのは、冒険者の中では周知の事実。

多くの冒険者が、パーティーを組み鳳凰の討伐に向かうと組合に掛け合ったが、組合側はその全てを拒否。

冒険者組合は、鳳凰の討伐をたった一人の冒険者に――

――丸投げした。

「アイツ等、召集されたんだよ。カルディアから、わざわざこの王都によ」

「え？　マジかよ……やっぱりあの二人、あの有名な？」

組合内に設けられた飲食用の椅子に腰かける冒険者達が、声を低くしながらそう話す。

彼等の意識する先、組合内の一角に、同じく腰かける二人の女性冒険者の姿があった。

「おっそ。ロゼ姉さん遅すぎっ！　人を呼び出しといて、本人は遅刻ってどういうこと？」

ツツーと、果実水で満たされたコップの縁《ふち》に人差し指を這わせながら文句を口にする女性。

茶色い髪を肩まで伸ばし、ぱっちりとした瞳を細めながら唇を尖らせている。

そんな彼女の右手首にはめられた腕輪には、〝上〟級冒険者であることを証明する三角形の紋章が刻まれている。

彼女の姿を遠目に観察していた冒険者達が、珍しい物を見たとでも言うようにまた、小さな声で話し出す。

「――セイラ・フォレスだ。〝音剣のセイラ〟って、聞いたことくらいはあるだろ？　奴がそうだ」

「おぉ……。あれが、その？　初めて見たぜ」

「あぁ。あんな可愛い見た目だが、性格はドギツイらしい。なんでも、自分より弱い男は男じゃない……とかなんとか」

「なんだそれ……意味不明だ」

「けど、実力は〝超〟級なみ。どうしてか、組合からの〝超〟級昇格通達を蹴ったらしい」

そこで、男はゴクリと喉を鳴らす。

「で、その対面に座ってるのが――」

もう一度、男達は二人の座る席に意識を向けた。

「まぁ、良いんじゃない？　ロゼも色々と忙しいんでしょうよ。なんたって〝絶〟級なんだから」

「って言ってもねぇ、ロゼ姉さんったら……いつも弟のことしか頭に無いじゃん。鳳凰のことだって、ほんとはどうでも良いのよ。きっと、早く弟に会いたいとかそんな理由でしょ？　私達を呼んだのって」

「それは、まぁその通りかも知れないわね」

セイラの言葉に、そう苦笑いを見せる女性。

紫色の髪が独特な雰囲気を演出し、周囲に色香を振り撒く、圧倒的美女。

彼女の白い二の腕には、四角形の紋章が刻まれた腕輪が巻かれている。

「――〝超〟級冒険者、シェイミ・イニアベルだ……」

「あ、あれが……〝破滅詠唱のシェイミ〟か」

「あぁ。『破滅詠唱のシェイミ』、この名は、王都に届く程に有名だよな。カルディアでは『一閃のユリナ』の方が有名らしいが……」

とんだ大物だ。そう言わんばかりの物知り風に話す。

そして、男はニヤリと笑う。

「で、そんな実力者達を今日、カルディアからこの王都にまで呼びつけた、とんでもない奴……誰だと思う？」

「だ、誰だよっ。教えてくれ！　いったい誰なんだ!?　あの二人を呼びつけられる程の奴！」

男が、更に笑みを深くする。

「ふっふっふっ」

「（ゴクリ）」

不適に笑う男と、緊張と興奮から喉の渇きを覚え、唾を飲み込む男。

そしてゆっくりと男は口を開く。

「その者の名は――」

そこで、組合内の喧騒が突然止んだ。

各々の話で盛り上がっていた冒険者達が、話すことを止めたのだ。

そんな彼等の視線は、この冒険者組合の出入口へと向けられている。いや、出入口と言うよりは、ソコに立つ一人の、若く美しい女性冒険者だ。

「……おぉ」

どこからともかく、そんな感動の声が漏れる。

多くの冒険者達の視線の先に立つ女性。

金色の美しい髪に、特徴的な黒い瞳。

彼女のつける首輪には、およそ生きている内に目にする事すらも叶わない冒険者も存在するであろう――五角形の紋章。

「ろ、ろろろ……ロー」

〝絶〟級冒険者。〝戦乙女〟ローゼ・アライオン。

その名を呼ぶことすらも、はばかられる。

〝絶〟級とは、それほどの存在だった。

「あっ！　やっと来た。もうっ、おっそーい！　ロゼ姉さん！」

組合の出入口に立つローゼを見つけて、セイラが手を大きく振って見せる。

「あ……」

目的の人物の姿を見つけたローゼが、二人の元まで歩み寄った。

組合内を歩くローゼの姿に、ほぼ全ての冒険者達の視線はくぎ付けとなるが、本人はそんなこと全く意に介さない。

そんな態度もまた、ローゼが崇められる程の人気を有する理由のひとつになっている。

「ごめんねー。ちょっと遅れちゃった」

「いや、ちょっとどころじゃないですよ！　いったい何してたんですっ？」

「いやー、それがさ？　ソコの軽装店にね、可愛い軽装備見つけたんだけど、それ着て帰ったら

「……シファ君喜ぶかなーって思って眺めてたら、こんな時間になっちゃったよ」

あちゃー。と、頭をかきながら話すローゼ。

「…………」

「…………」

そんなローゼの姿に、セイラは『ほらね？』といった表情をシェイミに見せた。

◇◇◇

「よ、よ、よ……ようこそ冒険者組合、王都支部へっ！　ほ、ほほ本日はどのようなご用向きでしょうかぁっ」

冒険者が受付にやって来た際に口にするお決まりの台詞だが、やって来た冒険者達があまりにも大物過ぎるため、上擦った声になってしまう受付担当者。

そんな受付担当の態度にも慣れっこなローゼは、特に気にすることもなく、〝絶〟級冒険者として相応しい態度で冒険者組合に接する。

「冒険者組合から指名依頼された難易度〝絶〟級任務。危険指定レベル20、幻獣――鳳凰の討伐又は撃退。そのための指名パーティーが集結しました」

「は、はい」

「ただいまより、その〝絶〟級任務を開始することを、組合に報告します」

冒険者組合から発行された指名依頼書を差し出しながら話すローゼのその言葉に、受付担当者は生唾を飲み込んだ。

今、行われているやり取りは、難易度〝超〟級以上の一部の任務を冒険者達が開始する際に行われる、いわば儀式みたいなものだ。

滅多に行われないこのやり取りを、組合内に存在する全ての冒険者達が見守っている。

「は、はい。では、コレより14日以内に依頼の結果報告が無い場合は、当依頼は失敗扱いとなりますっ」

必死に言葉を紡ぐ受付担当者に、ローゼ達三人は黙って耳を傾ける。

「そして、その更に三日以内に……皆様が冒険者組合に結果報告に訪れない場合は……」

静まりかえる組合内に、受付担当者の声だけが響きわたる。

「皆様は……死亡扱いとして、処理されます」

当然のことだが、依頼を達成することが出来ない場合はある。

高難易度の依頼の場合なら尚更であり、更には、命を落とす冒険者もこれまでに数多く存在していた。

そうなれば当然、依頼の結果報告が行われないことがある。

そのため、こうして期日を定め、定められた期間内に冒険者本人からの報告が行われない場合は、依頼を失敗、未達成扱いとし、更に、組合への顔出しが行われない時は――

「死亡扱いとなり、冒険者としての等級を剝奪されますので、たとえ失敗に終わっても……組合への報告は忘れないで下さい」

それが、冒険者に定められた決まり《ルール》のひとつでもある。

そんなことは重々承知だと、ローゼ達三人は頷き応えた。

こうして受理された指名依頼は、この瞬間をもって開始された。

◇◇◇

危険指定レベル20。幻獣——鳳凰の討伐又は撃退という、最高難易度である〝絶〟級の依頼任務は、ローゼの結成したパーティーが引き受けることになり、こうして開始された。

既に、王都を拠点とする冒険者の間で、『鳳凰の討伐に、組合が〝戦乙女〟を指名した』という話は知れ渡りつつあり、多くの冒険者達はその話を聞いて、驚きと納得。その両方の反応を示した。

本来ならば大規模編成《レイドパーティー》によって討伐する程の鳳凰の相手を、〝戦乙女〟個人に丸投げするという組合の暴挙。そしてそれを引き受けた〝戦乙女〟の実力と自信に、ほとんどの冒険者は驚愕した。

と同時に、納得もする。

——話に聞く〝戦乙女〟の実力は、やはり真実だったのだと。

——それほどまでに、組合は彼女の実力を信用しているのだと。

冒険者組合から寄せられる絶大の信頼。

それこそが、〝絶〟級冒険者に至る条件のひとつでもある。

「それじゃ二人とも、今からイナリ山まで向かうけど、準備は良いよね？」

〝絶〟級難易度の指名依頼を開始させる全ての過程を終えたところで、ローゼは二人に改めて問いかけた。

先程までの彼女達と受付のやり取りを見ていた組合内の冒険者達は、その時の高揚感にも似た興奮が冷めずに、未だに緊張感で溢れていた。

「問題なーし。ですっ」

「私もよ、誰かさんが弟のことで頭を一杯にしていた間に……ね」

「……あ、あはは」

静まりかえる組合内でそんな軽口を交わす三人の姿。

とても、これから最高難易度の依頼に向かう冒険者には見えない。死亡率の高い任務に赴く者の姿ではない。

周りの冒険者達は——そう思っていた。

「あら？」

——そんな時だった。

組合内のその雰囲気をぶち壊すように、勢いよく組合の扉が開け放たれたのは。

皆の視線がソコに集まる。

「お、おい……あれって」

「はっ、いったい何の用だってんだか」

冒険者達が集まる組合に、乱暴に足を踏み入れた者。

全身を煌びやかな装飾の施された鎧で包む、青年。

誰から見ても美青年であることには間違いないが、この組合内において、彼を良く思う者は少ない。

「王国騎士団、魔獣討伐専門の第二部隊。その部隊長様だなありゃぁ。冒険者組合に、いったい何の用だぁ？」

「おいおい！　ここは王国のお偉い騎士様が来る所じゃねぇぞぉっ⁉」

本人に聞こえるように、冒険者達が口々にそんな嫌味を飛ばす。

「………ふっ」

しかし、冒険者達のそんな言葉は彼の心には響かない。

それどころか、馬鹿にしたように鼻で笑って見せた。

そしてゆっくりと、青年は組合の奥。受付へと足を運ぶ。

「これは騎士団所属、第二部隊長のロンデル様。ようこそ、冒険者組合王都支部へ。本日はどのようなご用向きでしょうか？」

受付までやって来た王国騎士団第二部隊。その部隊長であるロンデルに、受付担当の女性は深くお辞儀をしてから、お決まりの台詞を完璧に口にした。

（やれば出来るのに、どうして私の時はあんなに噛み噛みなのかな……）

その様子を見守っていたローゼはそんなことを思う。

そして組合内の注目は、再び受付へと集まっていた。

「分かり切ったことを聞かないでもらいたいな」

「と、言いますと？」

「いったい、いつになったらイナリ山を占有した鳳凰は討伐される？ 君達冒険者組合に無理なら、我々騎士団が鳳凰を討伐する。そう言ったのは暫く前のことだ」

「はい。私も支部長からその件についてては伺っております。ですが――」

「あぁ分かってるさ。君達冒険者側は我々に『鳳凰には手を出すな』と言った。しかし、鳳凰はまだ討伐されていない。その動きもない」

冷静を装いつつ話すロンデルだが、彼の口調からは機嫌の悪さが窺える。

そして、そんな彼の言葉を聞いていた冒険者達からは、

「よく言うぜ、前回鳳凰が出現した時は討伐すると言い張って、結局は周辺地域を巻き添えにした挙げ句に大量の犠牲者を出しながら、なんとか撃退できた騎士団様がよぉ」

という声が溢れる。

が、その声は受付までは届かない。

「御安心下さい。既に、鳳凰討伐の依頼は発行、受理され、たった今その依頼は御三方の冒険者様によって開始されました」

「……たった三人？ 鳳凰を舐めているのか？ それとも、敵の力量を測ることが出来ない無能の集まりなのか？ 冒険者組合というのは」

「いえ。決してそのようなことはございません。組合としましては、当幻獣の脅威を解消させるに至る戦力としては、これ以上の人選は存在しないと、確信しております」

（す、凄い。どうしてあそこまでの毅然とした態度を、私には取ってくれないのっ？　どうしてなの？）

冒険者組合の受付嬢たる彼女の態度に、ローゼは素直に感心している。

「無理に決まっているだろうっ！　相手はあの鳳凰だ。三人だと？　馬鹿にするのも大概にしろ！」

そう言って、騎士ロンデルが踵を返す。

受付に背中を向けてから、再び口を開いた。

「鳳凰はこれより、私の率いる王国騎士団第二部隊が討伐する」

そして、大きく一歩を踏み出し組合を後にしようと歩き出すが——

「御三方のうちのお一人は——かの〝戦乙女〟、ローゼ様です」

「……ッ！　なに？」

受付嬢のその言葉に、騎士ロンデルはピクリと眉を動かし、その場で足を止めた。

「そしてそのお供を許された残りの御二人も、冒険者としてかなりの実力者。その御三方の戦力は、はっきり言って騎士団第二部隊の総力を遥かに凌ぎます。いや……騎士団総団長を除く、王国騎士団の総力すらも、上回っているかも知れません」

「っ貴様……」

再び受付嬢へと向き直り、厳しい視線を彼女へと向ける。

対して受付嬢は、そのロンデルの視線を正面から受け止め、同じく真っ直ぐな視線をそのまま返した。

「…………」

「…………」

暫く静寂が包む中で、二人は互いに睨み合う。

そして――

「……良いだろう。その噂に聞く〝戦乙女〟の実力が本物なのか確かめさせてもらう。我々騎士団は、その依頼が遂行されている間は鳳凰には手出しはせん」

という騎士ロンデルの言葉が沈黙を破る。

それを聞いた受付嬢は深く頭を下げて、お辞儀して見せる。

「しかし！　その三人が鳳凰の討伐を失敗した時に備え、我々騎士団もイナリ山に向かわせてもらう。まさか、その三人が鳳凰に敗れてもまだ、手出し無用とは言わないだろうな？」

「それこそまさかです。その御三方が敗れれば、もう鳳凰に敵う者はいません。魔神種でも……連れて来ない限りは」

「減らず口だな……。その〝戦乙女〟の実力、見せてもらうとしよう」

そう言いながら、騎士ロンデルは再び歩き出した。

静まりかえる組合内の中を堂々と進み、今度こそ組合を後にした。

（あのー……その戦乙女、ここにいるんですけど……）

とうとう、騎士ロンデルはローゼの存在に気付くことはなかった。

が、それも当然のことだ。

騎士団所属のロンデルは、冒険者の〝戦乙女〟の姿など知りもしない。

噂こそは騎士団にまで届くが、その姿まで知る者は、騎士団の中には少ない。

――それはそうと
「ご、ご、ご……ごめんなさいぃぃぃぃぃぃぃぃ!!」

「ふぇえ!?」

騎士団ロンデルに対して、あれほどの毅然な態度を貫いていた受付嬢が、突然叫び出した。

受付から飛び出し、その場で土下座する勢いで頭を下げた。

「わたしっ！　私勝手にあんなことっ！　ちょっと今の騎士の人がムカついたからっ！　咄嗟にあんなことっ！」

「ちょっ、えぇ!?　うん、うん。大丈夫、大丈夫だから。ちょっ鼻水やめて、大丈夫だよ鳳凰はちゃんと倒すから……」

更にローゼにすがり付くようにして謝り倒す受付嬢に、ローゼ本人も困り顔を見せる。

そんな二人に、セイラとシェイミはやれやれと言った表情で肩を竦める。

そんな彼女達の姿を見て、組合内の他の冒険者達も再びの盛り上がりを見せていた。

◇◇◇

「よっ……っと」

快晴の中、冒険者組合から借り受けた馬から勢いよく飛び降りたローゼ。

それに続くように、シェイミとセイラの二人も、跨がっていた馬から降り、地面に足をつける。

「うぅ……流石に熱い」

遠くに視線をやり、セイラがそんな言葉を口にする。

王都の冒険者組合で依頼を引き受け、開始してから丸二日経つ。

王都から馬を走らせている内に、次第に気温が上昇していくのを肌で感じつつ、今に至る。

そして、目的の場所近くにたどり着いた今――

肌で感じる気温は異常な程に高くなっていた。

よく晴れ、照りつける太陽――のせいではなく、その原因は別にあった。

ローゼ達三人は、目の前の視界いっぱいに広がる砦。その一部分の門へと足を運ぶ。

「お待ちを。この門より先は、山岳都市――イナリでございます」

すると、門の前に佇む二人の男性のうちの一人が、ローゼ達の行く手を遮るようにして立ち塞がった。

二人の装いは紛れもなく、冒険者組合指定の制服。であることから、彼等は冒険者組合に所属している者であることが分かる。

「現在、山岳都市イナリは非常事態につき、この都市の管理は冒険者組合に一任されております」

山岳都市――イナリ。

イナリ山を中心に栄えた、大自然溢れる都市。

風情豊かな街並みと、清んだ空気が非常に心地良いと評判であり、わざわざ地方より観光に訪れる者が多かった。

――しかし。

「鳳凰の出現により、都市は一時的に〝危険指定区域〟に定められております。定められた者以外は立ち入ることが出来ません。御用件を、お伺いしても？」

鳳凰の出現により、封鎖されていた。

「――コホン」

ひとつ、ローゼは咳払いをして、喉の調子を確かめる。

そして、威厳を保つためにキリッとした顔付きをなるべく意識しながら、口を開いた。

「〝絶〟級冒険者――ローゼ・アライオンです」

自身の首輪に刻まれた紋章を示し、そう言った。

冒険者にとって、自身の等級を示すその紋章は何よりの身分証明になるからだ。

しかし、五角形の紋章はソレ以上の意味がある。

「――ッ！」

見せられた紋章に、組合員は思わず息を呑み、目を見開いた。

更に――

「冒険者組合より、難易度〝絶〟級任務――鳳凰の討伐又は撃退の依頼。その指名を受け、ここまで参りました」

冒険者組合の紋様が印字された黒い用紙を、組合員に見せるように掲げるローゼ。

組合員はその用紙を恭しく受け取ると、食い入るようにして目を這わせる。

――間違いなく本物。

そう確信して、組合員はゴクリと喉を鳴らす。

「し、失礼しましたっ！　〝絶〟級冒険者ローゼ・アライオン様」

「それで？　状況を説明してくれる？」

「は、はいっ！　現在、都市は鳳凰の聖火に包まれ、自由に都市内を行動するのも難しい状況です っ。都市に鳳凰の姿はなく、おそらくイナリ山に潜伏しているものと思われます」

「都市の住民は？」

「はっ！　鳳凰出現時に、冒険者組合イナリ支部の組合員と冒険者の活躍により、そのほとんどは近くの街や村に避難しております。……ただ、鳳凰の聖火の被害で冒険者に若干名の死者が発生しました」

その言葉に、ローゼは少しばかり表情を曇らせたが、それは一瞬。

すぐに表情を戻し、鋭い口調で言葉を紡ぐ。

「これより、鳳凰の討伐を開始します」

そこで、再び組合員は息を呑み、喉を鳴らす。

「――門を開けなさい」

「はっ！」

組合員の手により、砦の門が開け放たれる。

すると、開かれていく門の隙間から徐々に溢れゆく光に、ローゼ達は目を細め、更には晒される熱風に眉を歪ませた。

果たして、門の内側に広がる光景は――

――金色の、世界だった。

門を通り、堂々と都市へと入っていく三人。そんな彼女達の背中に、組合員達は深く一礼した。

これから彼女達が遂行する任務がどれ程に高難易度の物なのか、組合員達は十分に理解している。

しかし、確信した。これでこの都市は救われる――と。何故なら、かの戦乙女が来てくれたのだから。

そして、ローゼ達三人が門を通ったのを見届けてから、開かれていた門は……再び閉じられた。

イナリ山を囲むようにして栄えた都市であるイナリは、鳳凰の聖火に支配されていた。

建ち並ぶ建造物から豊かな自然に至るまで。その全てが、鳳凰の聖なる金色の炎――聖火に包まれている。

もう、かつての美しい街並みはソコには無い。

最早これは、街と呼べる物ではなく、鳳凰の巣だ。

どこに視線を向けても、見えるのは金の炎――聖火だった。

鳳凰の姿はどこにもない。

「ロゼ姉さん、やっぱり鳳凰って……」

滴る汗を拭いながら、セイラが視線を向けたのは――

「うん。さっきの人が言っていたとおり、イナリ山だね」

聖火に包まれた街並みの奥。

この街の名前にまでなっている山が、しっかりと視界に入っている。

しかし、そのイナリ山までもが今は聖火に包まれ、金色の炎の山と化していた。

「うー。でもこの火の中じゃ、近付けなくないですか？　こうして立っているだけでも、正直溶けちゃいそうだし……」

「別に近付かなくても良いよ。鳳凰にこっちまで来てもらおう」

「え……どうやって？」

「簡単簡単。この街の聖火を丸ごと消滅させちゃえば良いんだよ。そうすれば、鳳凰は姿を現す筈だよ」

「……うーん。その方法が私には皆目見当もつかないんですけど、ロゼ姉さんなら出来そうですね」

「で？　肝心の鳳凰はどうするの？」

やれやれと肩を竦めながら、ローゼとセイラの話を黙って聞いていたシェイミが口を開く。

シェイミのその質問こそが、今回最も肝心要の問題でもある。

鳳凰の討伐だ。

今回の任務に限って言えば、撃退でも依頼は達成することが出来るが、この三人にその選択肢は無い。

もとより、鳳凰を討伐するつもりでここまでやって来ている。

しかし――

「鳳凰は討伐不可能と言われている不死の幻獣よ。……その理由は恐ろしい程の再生能力にある。流石のロゼでも、鳳凰を討伐するのは難しいんじゃない？」

そんなシェイミの疑問に、ローゼはニヤリと笑った。

「大丈夫だよ。セイラちゃんとシェイミが協力してくれるなら、鳳凰は討伐出来る」

「どうやって？」

「ま、力技だけどね。セイラちゃんの音剣と私の連撃で、鳳凰を消耗させる。そこにシェイミが渾身の破滅魔法を放てば、流石の鳳凰も再生が追い付かなくなるでしょ？　それで、最後は私が息の根を止めて見せるよ」

「…………」

「…………」

啞然とした表情で、セイラとシェイミがローゼを見つめていた。

――口で言うのは簡単だ。二人とも、そう思っている。

だが、当のローゼは本気でそれを実行するつもりなのが、言動と表情から読み取れる。

そして、これまでそんなことを実際にやり遂げて来た。だからこそ彼女は〝絶〟級なのだ。

「作戦を説明します」

そこで、ローゼが真剣な表情で話し始める。

変わった空気に、二人はローゼの言葉に意識を向けた。

「聖火は私が消滅させます。すると、必ず鳳凰はイナリ山より現れます。そして、再び街を聖火に包もうと街まで降りて来るでしょう」

一言一句逃してはいけない。

そう思いながら、二人は必死にローゼの言葉に聞き入っている。

「鳳凰の姿を目視で確認次第、シェイミ・イニアベルは〝破滅詠唱〟を開始――と同時に鳳凰の攻撃を魔法により牽制、更に空への逃亡を防いで下さい」

「ッ！」

それは、無理難題にも等しい注文だった。が、不可能ではない。

魔法を詠唱しながらの、別の魔法の行使。

並の冒険者には不可能に思えるその技能《スキル》だが、シェイミならば可能だ。

それを、ローゼは十分に理解している。

だが、それは非常に難しい技能でもある。

それも、ローゼは理解している筈だが、有無を言わせぬ視線をシェイミに向ける。

――やれ。と。

「次に、セイラ・フォレスは音剣により鳳凰を連撃して下さい。鳳凰は再生するでしょうが、構わずに連撃を続けて下さい。鳳凰の再生力に衰えが生じるまで、休まずに」

「………」

それって……いつまで？

セイラのキョトンとした表情は、そう語っている。

恐ろしい再生力を有する鳳凰が、その再生力を衰えさせる時とは、いったいいつのことなのか。

セイラは本気でそう思った。

「連撃には私も参加します。そして、私が合図したらセイラ・フォレスは鳳凰より離脱。それを確認次第、シェイミ・イニアベルは〝破滅魔法〟を放って下さい。不測の事態は、私が対処します」

〝絶〟級冒険者とは。

大前提として、他に類を見ない戦闘力を有している。

そして、これまでの冒険者としての活動で成し遂げた偉業は数知れず、作戦の立案と実行力、〝超〟級冒険者すらも従わせる発言力に信頼。

その全てを兼ね揃えている。

作戦の概要を伝えたローゼは、静かに二人を見やる。

同じ説明を二度もするつもりはなく、ましてや反対意見など許さない。

ローゼの瞳には、そんな意志が見え隠れしていた。

そもそも、絶大の信頼を寄せるローゼの命令だ。

二人は黙って従うだけだった。

「じゃ、二人とも準備してね」

頷く二人を確認してから、ローゼは即座に収納魔法を行使する。

輝く魔法陣が出現したかと思えば、右手にはいつの間にか武器が握られていた。

自身の身長よりも遥かに長く、幅の広い刀身。

薙刀――風神《シヴァ》。

――ユラリと、ローゼは腰を落とし、薙刀を構えた。

静かに、周囲へと視線を走らせる。

辺り一面――火の海。

そう言っても過言ではない都市の中で、ローゼは更に腰を落とす。

薙刀を握り締めた右腕を後方斜めに構え、左手を薙刀へ添える。

そして――右足を捻り、膝から伝わる力で腰を回し、それに付き従わせる要領で、薙刀を目一杯振り抜いた。

「――ッ」

「…………」

右足で地面を蹴り、左足を軸として体を回転させながら薙刀は振り抜かれる。

「…………」

一瞬、薙刀が空《くう》を斬る音が辺りに響くが、周辺に特に変化は起こらない。

辺りは静寂に包まれる。

音といえば、聖火が煌々と燃えている音だけだ。

相変わらず都市は聖火に包まれ、どこに視線を向けても、その目に映るのは金色の炎——聖火のみ。

——が、数瞬遅れて、それは起こった。

「——くっ！」

「——ッ！」

咄嗟に、シェイミとセイラは身構える。

ローゼが薙刀を振るい少し経ったこの瞬間、ローゼを中心に巻き起こったのは暴力的なまでの暴風だった。

ローゼ自身から迸るように、その暴風は都市全体を駆け抜けた。

轟音と共に放たれた暴風は、都市を包み込んでいた聖火、その全てを——

——即座に消し飛ばした。

「す、凄い……」

たった一振り。

たった一度薙刀を振るっただけで、鳳凰の聖火を文字通り、吹き飛ばしてしまった。

ローゼの力を改めて間近で見たセイラは、圧倒的なまでの力の差を感じ取る。

確かに、風を司る神の名を持つ薙刀の力は強大だ。

しかし、その武器をこうまで使いこなせる者が、他にいるだろうか。

強力な武器を扱うには、それ相応の実力が必要なのは、冒険者にとっては常識。

仮に、セイラが薙刀《シヴァ》を振るったとしても、ローゼと同じ結果になることは無い。

これ程の武器を、最大限以上に扱える者。それが、ローゼ・アライオン。〝戦乙女《ヴァルキュリー》〟と呼ばれる彼女なのだと、セイラは再認識した。

一方で、薙刀を振るい、都市の聖火を消し飛ばしたローゼは、注意深くイナリ山へと視線を向ける。

都市の聖火は今の一撃で完全に消し飛ばした。が、その効果はイナリ山までは及んでいない。

イナリ山は――未だ聖火に包まれている。

そして、どうやら鳳凰が姿を現す気配はない。

(来ないか……なら、意地でも引っ張り出してあげるよ)

ならばと、再びローゼは薙刀を構えた。

ローゼの視線は、都市前方奥。イナリ山。

ギリリと歯をくいしばり、ミシリと薙刀を握り締める。

先よりも幾分かの力を込め、再び――薙刀を振るう。

「――はあっ!」

そして、振るった勢いをそのままに、ローゼは体を回転させ、もう一度薙刀を振るう。

「――っは！」

遠くに見えるイナリ山へと向けて、薙刀は二度振るわれた。

すると、今度はローゼからイナリ山へと、先よりも数倍の威力を誇る暴風が押し寄せた。

真っ直ぐに、都市の中を駆け抜けイナリ山へと向かう暴風は、やがてイナリ山に激突する。

激しい地響きと轟音が、ローゼ達の耳に届く。

その効果はまさに劇的。

あれほど勢いよく燃えていた金色の炎――聖火は、ローゼの薙刀より放たれた暴風により、完全に消滅したのだった。

イナリ山、その本来の形が視界に映る。

三人は、真っ直ぐにイナリ山を睨み付ける。

完全に消滅した聖火。

苦労して築き上げた巣が、一瞬にして消し飛ばされた。

さぞかし、怒っているのではないだろうか。

そんなことを考えながら、ローゼはイナリ山を見つめている。

すると――

「――――――――――――――――――――――――」

耳をつんざくような鳴き声が、空に向かう金色の炎の柱――聖火と共に響きわたる。

その聖火の柱から飛び立つように、一体の鳥形の怪物が、空を羽ばたき、都市へと迫る。

その鋭くも美しい瞳は、自身の巣を滅ぼした元凶であるローゼ達に向けられている。

「シェイミ！」

「分かってる！」

即座に、シェイミは後ろへ下がり、詠唱を開始する。

そして、その鳥形の怪物はついにローゼ達の目の前にまで到達し、ゆっくりとその場に舞い降りた。

「────────」

鋭い鳴き声は、耳を塞ぎたくなるほどに不快。

翼竜など比べるべくも無い巨体は、金色の炎──聖火で覆われている。

殆どの傷は、その聖火によりたちまち無かったことにしてしまう、恐ろしい再生能力。

「こ……これが」

目の前の怪物を見上げて、セイラが声を溢す。

危険指定レベル20。幻獣──鳳凰。

その圧倒的な存在感に、セイラは思わず後ずさろうとしてしまうが、ふと横に視線を向ける。

横に立っているのは──ローゼだ。

ローゼの鋭い視線がセイラに向けられる。

──今、ここでもし、少しでも気を弱くしたら、このローゼはどう思うのだろう？

──この鳳凰を討伐するための編成《パーティー》に、自分は選ばれた。誰に？　あの、全ての冒険者が憧れ、誰もが最強と認める。あの〝戦乙女〟に。

――ならば、その期待に応えなければならない。

セイラは、唇を噛んだ。

タラリと垂れる僅かな血をペロリと舐め、後ろに下げようとしていた足は――前へと踏み出される。

目を閉じ、集中し、収納から取り出された細剣は二本。右手と左手に握られた。

「……鳳凰を――ここで殺す」

目を見開き、誰かに向けられた物でもない呟きをその場に置き去りに――セイラは一瞬で鳳凰へと肉薄した。と同時に、鳳凰から鮮血が飛散する。

〝音剣〟。

極限までに速度を上昇させた連撃。音速にも迫る、その連撃技能《スキル》がそう呼ばれている。

だが、セイラのその音剣は、既に音速を超えていた。

次々に浴びせられる斬撃に、鳳凰は身をよじり、悲鳴のような鳴き声を上げる。

が、その傷はたちまち再生され続け。果たして効いているのかさえ分からない。

更には、自己防衛のために全身の聖火の勢いを、より強力にすることで敵《セイラ》の命を削る。

鳳凰のすぐ傍を駆け回り、セイラは音剣による連撃を繰り返す。

聖火に焼かれ、その身を焦がしながらも、自分の役割を全うする。

セイラの連撃と、鳳凰の再生能力。そのどちらがより持続し、どちらが速いのかは、見た目で判断することは難しい。

が、そこにローゼが加わった。

その手に持つ金色の長剣で、セイラの速度にも追い付く程の勢いでローゼも連撃を浴びせることで、遂に鳳凰の再生速度を上回った。

しかし、上回っただけだ。

再生速度以上の傷を与えたところで、再生能力に衰えは見られない。

「セイラちゃんっ！　もっと速く！」

目にも止まらぬ速さの中で、ローゼが叫ぶ。

「くっ！　このぉぉぉおおおおおっ！」

聖火に晒される中、両の腕が千切れる感覚に襲われるが、セイラは更に剣を握る力を強くした。

「まだっ！　もっと！　もっと速く！」

「っ！　ぅぁあああっっ！」

そんな時だった。

鳳凰の聖火の勢いが弱くなる。

そして確かに、再生の速度が遅くなったのを、ローゼは見逃さなかった。

即座に、ローゼは収納魔法を行使する。

「セイラちゃん下がってて！」

「――――ッ！　くっ！」

ローゼの叫びを聞き、セイラは咄嗟に身を投げ出して退避する。

疲れ果てた体が地面に投げ出され、顔を上げるとそこには、未だに変わらぬ速度で鳳凰に連撃を浴びせるローゼの姿。

そして、そのローゼの周辺に出現している複数の魔法陣の姿があった。

紛れもなく収納魔法陣だが、あまりにも数が多い。

「あれが……多重収納魔法」

思わず、セイラからそんな声が溢れる。

幾つも出現させた収納魔法陣からは、それぞれ別の武器が取り出される。

ローゼは自身の持つ数多くの強力な武器を瞬間的に持ち替え、更に連撃の速度を上げた。

最早、そこで何が起こっているのか分からない。

そうセイラが思っている中で、ローゼは最後の追い込みをかける。

収納魔法を操る速度が更に上がった。目まぐるしく、その手に持つ武器を瞬時に取り替えるローゼの猛襲。

右手に持つ長剣を振るい、鳳凰の体に強烈な一撃を放ったかと思えば、いつの間にか握られていた槍が鳳凰の体を穿つ。

長剣に槍に斧、そして薙刀――更には短剣と、ローゼはありとあらゆる武器を駆使して鳳凰を追い込んだ。

その凄まじい光景に、セイラとシェイミは息をのむ。

あのローゼの動きについていける者など、二人の知る限りでは存在しない。

最早、そこに他の人間が介入出来る余地など無く、二人はただ、ローゼからの指示を待つことしか出来ない。

そんな時だった——

ローゼの激しい攻撃に晒され続けた鳳凰が、瞬間的にその身を包む聖火の勢いを強くさせた。

そして、威嚇のための鳴き声を響かせながら、鳳凰の全身から激しい聖火が周囲に迸る。

たちまち、その場は再びの聖火に包み込まれた。

更に——その聖火を浴びたシェイミとセイラは、激しい熱と激痛を全身に感じ、顔を苦悶に歪ませる。

二人の集中は一瞬——途切れた。

燃え盛る聖火の中、鳳凰は翼を大きく広げ空へと羽ばたいた。

その鳳凰の行動の意味は——逃亡だ。

あまりにも激しいローゼの攻撃に、鳳凰は逃亡を選択した。

「……っ！」

空へと上昇する鳳凰の姿を、シェイミは聖火の中から見上げることしか出来ない。

本来なら、鳳凰が空へ上がるのをここでシェイミが魔法により阻止する算段なのだが、聖火による負傷《ダメージ》でそれは叶わない。

聖火に晒されたこの状況では、詠唱を続けながら魔法を行使する余裕は、流石のシェイミにも無い。

——逃げられてしまう。

そう思わざるを得ない。

シェイミは判断を迫られた。

詠唱を続けるか、鳳凰の逃亡を阻止するための魔法を行使するかの二択。

既に詠唱は完了しつつあるが、それは鳳凰を討伐するためのもの。鳳凰を逃がしてしまうくらいなら、この詠唱を中止してすぐに別の魔法を行使するべきか？　それなら、鳳凰の逃亡を阻止することは出来る。

——どうする？

シェイミは決断した。

空へ上昇を続ける鳳凰を見ながら思考を続けるが、最早迷っている時間などありはしない。

「————」

目を閉じ——

シェイミは詠唱を続けることにした。

『不測の事態は、私が対処します』

というローゼの言葉を信じて。

◇◇◇

鳳凰の聖火の威力は絶大だった。

ローゼですら一瞬ではあるが、その熱量と眩しさに隙が生じてしまう。

その隙を見逃さず、鳳凰は空への逃亡を開始する。

（今の聖火の勢い……シェイミにまで届いてそうだね）

即座に状況を予測したローゼは、聖火に包まれる中、跳躍した。

鳳凰の空への逃亡はシェイミが魔法で阻止する作戦だが、今の聖火により魔法を行使することが出来なくなった可能性を、ローゼは見出している。

仮に、その予測が間違いだとしても、自分もろとも魔法を浴びせてもらえば良いだけだと判断してのローゼの行動だが、どうやらその選択は正しい。

飛び上がったローゼがチラリと視線を向けた先には、聖火によって負傷したシェイミとセイラの姿が映る。

一瞬、シェイミと目が合った。

すると、シェイミは詠唱を再開するべく、目を閉じて意識を集中した。

それを確認してから、ローゼは目前に迫った鳳凰へと向き直る。

全身に刻まれた無数の傷は今も聖火により回復しつつあるが、その回復速度は明らかに落ちている。

（逃がす訳ない。鳳凰は——ここで討伐《と》るっ！）

空中に出現させた魔法陣に手を伸ばし、取り出した武器。

黒と金を基調とした装飾の施された、身の丈ほどもある刀身を持つ太刀。

その場の雰囲気が変わる程の圧倒的な存在感を、そこに出現しただけで放っている。

太刀――幻竜王《バハムート》。

「――――――――」

鳳凰が強烈な鳴き声を上げる。

その、鳳凰と対等以上の存在の竜の力を持つ太刀に、猛烈な敵対心を露にさせた。

空中という、体を自在《自身》に操ることが難しい状況ではあるが、ローゼは――上段に掲げた太刀を、一切の躊躇なく鳳凰に叩きつけた。

圧倒的な暴力とまで言える太刀の斬撃を受け、鳳凰は真っ逆さまに墜ちる。

未だに全身の傷が癒えぬまま、激しい轟音を響かせながら遂に鳳凰は地に伏した。

「――シェイミッ！」

「……ッ！」

即座に飛ばされた合図を聞いて、シェイミが眼を見開き、詠唱していた魔法を行使する。

武器を持たぬ両手を広げ、魔法の言葉を口にした。

「――破滅詠唱〝牢獄〟第壱章」

シェイミが見つめる先――鳳凰を中心に、巨大な魔法陣が出現する。

「――『水葬牢獄《すいそうろうごく》』」

巨大な水の塊が鳳凰の巨体を覆い込む。

その塊の中で、激しい水流が生まれ、閉じ込めた存在をただ、ひたすらに刻む。

幾億の水の刃に――鳳凰は晒され続けた。

◇◇◇

未だ、シェイミの魔法が鳳凰を襲っている最中、ローゼはそう呟きながらゆっくりと鳳凰へと歩を進める。

「『今こそ望む剣《つるぎ》――』」

「『今こそ役目を与えられし剣《つるぎ》――』」

ローゼのその言葉に合わせて、いつの間にか出現した魔法陣が複雑に模様を変える。

三重に重なった魔法陣が、ローゼの言葉に合わせて回転し、模様を変える度に――ガチャリと、音を響かせる。

「あ、あれは……」

「……『詠唱収納』」

傍らで見守っていたセイラの言葉に応えたのは、破滅魔法を行使したシェイミ本人だ。

既に魔法は放たれ、後はその魔法が役目を全うするのを待つだけとなったシェイミは、セイラと合流していた。

止《とど》めはローゼが刺してくれる。

二人はただ、その様子を見守るのみだった。

「詠唱……収納――って何？」

「詠唱によって施錠された収納空間でしか保管出来ない武器を――ロゼは持っているのよ」

「な……なにそれ」

そんな収納魔法があるのかと、セイラは思う。

攻撃魔法でも詠唱を必要とする物はある。シェイミが行使した破滅魔法もそのうちのひとつで、詠唱を必要とする物は総じて強力な魔法と決まっている。

その詠唱を必要とする収納空間でしか保管出来ない武器とは、いったい何なのか。

セイラの視線はローゼへと釘付けとなってしまっていた。

『今こそ喚ばれし剣《つるぎ》の名は――』』

――ガチャリと、最後の魔法陣が回転し、一振りの長剣が姿を現した。

無駄な装飾など無く。純白の剣。

手を伸ばし、その剣を掴む。

「天剣――織姫《おりひめ》」

神秘的な輝きを放つ剣を片手に、ローゼはシェイミの魔法によって更に傷ついた鳳凰へと視線を下ろす。

流石に鳳凰、今もその身の聖火は健在で、相も変わらず傷は癒え続けている。

が、その再生能力は著しく低下していた。

(危険指定レベル20。幻獣──鳳凰、か)

これまで数多くの冒険者や一般人が、鳳凰の聖火に焼かれ、苦しめられてきた。

間違いなく危険な存在。

生かしておく必要性を感じない。

(さよなら)

ローゼは握り締めた長剣《織姫》を、鳳凰へと振り下ろした。

◇◇◇

山岳都市イナリ。

そのイナリへと通じる砦に、ある一団が到着した。

砦の前で配下の者達を待機させ、一人の男が砦の門へとやって来た。

「これは王国騎士団第二部隊隊長、ロンデル様。いったいイナリへと何用でしょうか?」

未だ危険指定区域に定められたイナリへ訪れる者を、こうして制限するために、門の前には組合員が立つ。

「何用か? だと?」

いったい何を言っているんだコイツは? という表情で、ロンデルが口を開く。

「聞けば、鳳凰の討伐を引き受けたのはあの〝戦乙女〟だそうじゃないか」

「？　ええ、よく御存知ですね」

「はっ！　だが、討伐に向かったのはたったの三人だそうだな！」

「はい。本当によく御存知ですね」

「その〝戦乙女〟がどれ程の実力かは知らんが、とても鳳凰を討伐出来るとは思えんのでな。冒険者共が鳳凰の討伐を失敗した時の尻拭いをするために、こうして我ら騎士団第二がやって来てやったのだ」

「は？　いや、でも――」

組合員の言葉を遮るように、ロンデルは矢継ぎ早に話を続けた。

「さぁ！　早く門を開けよ！　我らも戦場であるイナリに陣を展開せねばならん！」

後方に控える王国騎士団第二部隊の大勢の騎士達を見せびらかしながら、大袈裟な所作で組合員に命令した。

そんなロンデルの姿に、組合員は少し困惑しながらも、少し疲れたような表情で答える。

「鳳凰はつい昨日、その〝戦乙女〟様率いる冒険者様方が、見事に討伐されました」

「――――は？」

「ですから、あの鳳凰を、見事に討伐されたんですよ。この都市ももう間もなく危険指定区域より外されるでしょう」

「な、何を言っている？　気でも狂ったのか？」

「いえいえ。信じられないのなら街を見てくれれば良いですよ。鳳凰の聖火は完全に消滅しました。街の復興には時間が掛かるでしょうが、もう危険はありません」

「な、なな、なん……だと――」

ロンデルは耳を疑った。

あの討伐不可能とまで言われていた鳳凰を、たった三人の冒険者が討伐したという事実。だけでなく――その早さ。

ロンデルが王都の組合で、鳳凰の依頼が開始されたと聞いて、まだ三日しか経過していないというのに、目の前の組合員は鳳凰が討伐されたと言う。

――あり得ない。

が、嘘を言っているような雰囲気ではない。

「な、何者だ……〝戦乙女〟という冒険者は……」

ただ、ロンデルはその場に立ち尽くすのみだった。

#10 「家族なんだから、迷惑をかけたって良いだろ」

「なぁユリナ教官、結局のところ他の皆が担当していた場所の調査はどうだったんだ？」

「……そうね。ま、別に隠すことでもないから教えてあげるわ」

教練が始まる前の朝食の時間、ふいに俺は教官にそう尋ねた。

俺達訓練生がカルディア周辺の三日間に及ぶ調査任務を終えたのが一昨日だ。

俺の編成《パーティー》が担当していた北方面は、魔物や魔獣共の生息分布が乱れていた。

街道沿いといった比較的人通りの多い場所こそ特に異常は無かったが、森林や湖などの名所《スポット》では、本来生息しない筈の魔物や魔獣が出現することを確認した。

特に異常として挙げるのならやはり『カルディア高森林』だろう。

昼間の明るい時間には一切の魔物の姿が見られず、夜間には本来出現する筈の無い死霊系の魔物が徘徊。そして森林の奥には、レベル18の玉藻前が潜伏していた。

この事は既に教官には報告済みだ。

他の地域はどうだったのか少し気になった。

北方面と同じような異常はあったのだろうか？

「結論から言うと、周辺地域の魔物や魔獣の生息分布に大きな乱れがあるわ」

食事の手を止めることなく、教官は話してくれた。

「西側の大森林ではコカトリス。深層では翼竜に……更には超獣——ベヒーモスの痕跡もあったらしいわ」

西側の大森林とは、以前皆で魔物討伐に向かった所だ。

コカトリスに遭遇し、リーネと共に翼竜に遭遇したのがその森の深層だが……。

超獣——ベヒーモスとは初めて聞く。

「危険指定レベル10、超獣——ベヒーモスよ。痕跡があっただけで遭遇しなかったのが幸いね」

それはまた……なかなかにキツそうな名前の怪物だな。

と言っても、レベル7の翼竜があの程度だし、あまり危険な存在にも思えないが……どうなんだろうか。

「東側にある湿地帯には、幻夢華《ラフレシア》という魔華が異常発生していたらしいわ。この魔華は危険レベル8の植物獣——グレイシアが生息している場所に発生するわ」

その姿までは確認されていないが、状況的に見てそのグレイシアという魔物が生息していると思って間違いないらしい。

厄介なのが、魔物の名前を聞いてもその姿形を一切想像することの出来ない俺のこの知識力だ。

姉との特訓で討伐した魔物の一部なら、なんとか名前は分かるが全部じゃない。

うーむ。レベル8か……弱そうだな。

翼竜のひとつ上だし、多分弱い。

「そして——」

そこで初めて教官は食事の手を止めた。

なにやら重要なことをこれから話すみたいな、そんな雰囲気だが……。

「南側の山は、魔境と化していたらしいわ」

「え？」

食べていたオカズがポロリと落ちた。

それも仕方ない。

南側の山とはそう、俺と姉の住んでいた家がある場所なのだから。

『魔境』という言葉の意味はよく分からないが、絶対に良い意味では無いことは流石に分かる。

——説明求む。

という視線をユリナ教官に向けた。

「『魔境』は、その場所の一定の距離内における魔力濃度が、一定の濃度を大きく上回った場所のことを言うわ」

うん。意味不明だ。

——説明求む。

「……ま、分かりやすく言うと、ソコの雰囲気が超魔力的。と思ってくれれば良いわ」

少し分かった気がした。

姉との特訓時代に連れていかれた場所に、そんな雰囲気の場所があったな。

後からユリナ教官に教えられて、そこが『危険指定区域』という場所だと分かったが……。

「冒険者組合は、今日からカルディア南の山脈地帯一帯を『〝超〟危険指定区域』に定めることにしたらしいわ」

「はぁっ!?」

「ちょっ、汚いわね。あまり飛ばさないでくれる?」

「いやいや、えぇ!? 危険指定区域? 俺の家はっ?」

「諦めなさい。〝超〟危険指定区域に立ち入ることが出来るのは〝超〟級冒険者以上と、〝絶〟級冒険者に認められた者。そして〝絶〟級冒険者が同行している時のみよ」

どんな状況だよ。

いったい何が起こってるんだ? これも鳳凰の影響?

俺、家に帰れないの? いやまぁ、もう暫くはこの訓練所で生活しているし帰る予定も無いけど、自分の住んでた場所がそんな状況じゃ流石に心配になるわ。

「おそらく鳳凰とは無関係。山脈を魔境に変えられる程の存在なんて、私の知る限りじゃひとつしかない」

「と言うと?」

「――魔神種よ。何の気まぐれか、魔神種の誰かが山脈のどこかに住みつきでもしたんじゃないかしら」

なんじゃそりゃ。

どこの鳳凰だよ、山に勝手に住み着きやがって。

誰か討伐してくれるのか？

「と言っても、山脈の魔物達を追いやることもしていないし、これといって被害も出ていない。組合側は暫く様子を見るつもりみたいよ」

「討伐しないのか？」

「無理ね。魔神種は、たとえ貴方のお姉さんでも討伐出来るか分からない相手よ。下手に手を出して良い存在じゃないのよ」

まぁ確かに、あの山に住んでいた人間と言えば俺達くらいのもんだ。その俺達も、暫く山には帰っていないし……あの山に立ち入ることが出来なくなっても困る人間はいないとは言え……。

なんだか、やるせない気分だな。

「そう心配しなくても大丈夫よ。貴方のことは私がしっかり面倒見てあげるから」

表情に出ていたのかな、教官が肩を竦めながらそう言ってから朝食の後片付けを始める。

どうやら、この話についてはこれで終わりのようだ。

俺も何か手伝おうか——と思ったが、教官は手際よく食器類を片付けてしまった。

じゃあ、洗い物くらいは俺が——と立ち上がろうとするが、教官に「座ってて」と言われたので大人しく待っていることに。

いつもなら『もう教室に向かいなさい』と言ってくるところだが、俺にまだ話があるらしい。

手際よく丁寧に洗い物を済ませた教官が、再び俺の対面に腰を下ろした。

「さてと。お姉さんから貴方に届いている物があるわ」

そう前置きしてから、ドサリと机の上に置かれる袋。

重量感たっぷりの袋だ。

見た目と音から、その袋の中身はギッシリと何かで埋め尽くされていることが分かる。

が、なんだろうか？

姉から俺への贈り物らしいが。

「お金よ。——２００万セルズあるわ」

「おぉ!!」

袋の口を開けて、中身をチラリと見せてくれた。

紛れも無く金だ。大量の金貨だ。

うん。金は嫌いじゃない。嫌いな奴なんてこの世界に存在しない。

しかし大金だ。

姉から金を受け取るなんて——姉に頼って生きることを辞めるために冒険者を目指す事を決めた。

だがその過程で冒険者を目指すだけじゃなくて、姉を超える事を目標にした俺のプライドが——許さない……。

しかし！　この金があれば、街であんなことやこんなこと、訓練生仲間達と楽しく遊ぶこともできる。

あまり街に来たことがなく、友達のいなかった俺にとって、この冒険者訓練所での生活は、今や随分と楽しい物へと変わっていた。

その事実が、俺のプライドの邪魔をする。

——ぐぬぬ。

「はぁ……」

そう逡巡する俺の顔を見て、教官がため息をひとつ。

そして。

「シファ、貴方はまだ成人したばかり。やっぱりこのお金は貴方にとっては大金過ぎるわね」

「あ……」

そう言いながら、大金の入った袋を下げる教官。

俺の手が虚しく伸びる。

「貴方が真っ当な冒険者になるようにと、お姉さんに頼まれているしね」

カチャリと、机の上に置かれる数枚の金貨。

「今日から小遣い制にするわ。貴方が立派な冒険者になったら残ったお金は全て渡すから。それまでは少しずつお金を貴方に渡すことにします」

机の上に置かれた金貨、1万セルズ程度だろうか。

1万か、贅沢な遊びさえしなければそれなりに楽しめる量のお金ではあるが……。

「も、もう少し」

「駄目よ。そもそも、食事は全て私が用意してあげてるのだから、1万でも多い方だと思うけど？　そうでしょ？」

「――はい」

そうだ。

毎日の朝食に、昼の弁当。夕食までもユリナ教官が用意してくれている。

本来ならその200万セルズ。全て教官に渡してしまっても良い。

とにかく、こうして教官に世話をしてもらっている以上、俺は教官には逆らえない。

◇◇◇

「おはよう。シファ」

「お、おう。おはよう」

朝食を済ませ、1万セルズをユリナ教官から受け取った俺がいつものように教室で一人待っていると、ソイツはやって来た。

以前までは教練の始まる少し前に教室にやって来ていたコイツだが、調査任務が始まった日以降、あのルエルよりも早く教室にやって来るようになった――

「きょ、今日もまた、凄くお洒落な髪形だな、リーネ」

「そう？　シファに喜んでもらえるなら、早起きする甲斐もあるというものだわ」

「………………」

出会いは最悪だった筈。

間違いなく、お互いがお互いのことを嫌いだった。

だが、いったいどうしてか、コイツは――デレたのだ。

翼竜の一件で、何故かコイツの中では俺がコイツにプロポーズしたことになっている。

そして、そのプロポーズにコイツは応えてくれた……らしい。

三日間という調査任務で少し忘れかけていたが、その問題は何ひとつ解決などしていなかった。

あわよくば、コイツの勘違いに自ら気付いて欲しかったが、どうやらそんな望みは儚く消え去った。

「ねぇシファ。あんた、家は南の山にあるって言ってたわよね？」

自分の席に腰を下ろしたかと思えば、すぐに体ごと俺の方へ向けてくる。

「南の山……今大変なことになってるのよ？　大丈夫？」

俺の家のある山脈。その一帯が魔境と化した。

それは今朝、ユリナ教官から聞いた話だ。

『危険指定区域』より更に上の『〝超〟危険指定区域』となってしまったらしい。

まさか、このリーネに心配されるなんてな。

「その……もし良かったら、私の家にくる？　今は姉も留守にしてるし、私一人だから……」

行きません。

「おいリーネ。いくらなんでもそれは――」

「っおはよう！」

――ドサリと、俺とリーネが向かい合う机の上に鞄が置かれた。

向き合っていた俺達の視線を遮るようにその鞄を置いたのは。

「お、おうルエル。おはよう」

「おはようシファ」

ニコリと、美し過ぎる笑顔が向けられる。

が、怖い。

「いつの間にか仲が良くなったのね。私も交ぜてもらって良い？　リーネさん？」

「はっ！　お断りよ、あんたの席はあっち！　さっさと行けば？」

まるで虫でも払うような素振りだな。

せめて、この二人がもう少し仲良くなってくれれば、俺もまだ気が楽なんだが。

「あら残念だわ。でも、そういう会話は控えた方が良いわよ？　もう他の訓練生の顔もあるんだし」

「っ――」

確かに、気が付けば他の訓練生達も教室にやって来ていた。

先の俺達の会話が聞こえた奴もいるみたいだ。

「――っ！　は、はわわわわわ！　わ、私は何も聞いてませんよ？」

いつからそこにいたのかは分からないが、教室の入り口に立っていたミレリナさんが、あたふたと両手を振りながら自分の席へと小走りで向かっていった。

——顔、真っ赤ですやん。

自分の恥ずかしい言葉が聞かれた。それが分かって、リーネも少し顔を赤くしながら前を向いた。

そんなリーネの様子を見て、ルエルも満足したかのように自分の席へと向かっていく。

今日もこの訓練所は平和だな。

と、思ったが——

「シファ、ちょっと良いか？」

たった今教室に入ってきたロキが、朝の挨拶も無しにそう言ってきた。

やけに真剣な面もちだ。

どうやら込み入った内容の話らしく、俺を教室の隅へと誘導してきた。

「どうしたんだよ、まだ朝だぞ？」

「いや、どうしてもお前に話しておきたいことがあるんだ」

そう前置きしてから、少し声量を抑えて話し出した。

「今朝、組合の前を通ったときに、冒険者が中規模の編成《パーティー》を組んで北に向かって行くのを見た」

「？　あぁ、それが？」

中規模の冒険者パーティー。

おそらくは、それなりに強力な魔物の討伐に向かったとかだろう。

何もおかしな点は無いが、何故それをわざわざ俺に？

ロキの話には、まだ続きがあった。

「興味本位で組合で聞いてみたんだよ。あのパーティーは何のために北へ向かったのか、ってな」

ロキの顔が一層厳しい物へと変わった。

「向かったのはカルディア北側。『カルディア高森林』だ。その中規模編成の目的は——危険指定レベル18、妖獣玉藻前の討伐なんだよっ！」

「——なっ！」

何故だ？

玉藻前の討伐？　あり得ない。

俺は確かにちゃんと報告した。

『妖獣——玉藻前は傷を治療しているだけで、人間を襲うことはない。なんの危険性もない。討伐する必要もない』と。

俺は玉藻前になんて言った？

『安心してくれ』そう言ったと思う。

その俺の言葉を聞いた時の玉藻前の顔は、今でも覚えている。

美しく、無邪気な笑顔だった。とても危険レベル18の妖獣とは思えない。

ただの少女にしか見えなかった。

「おいシファ！　玉藻前は聖火の傷でまともに戦えないいんだろ？　このままじゃ、確実に討伐される」

「――くそっが！」

「あ！　おいシファ！　待てよっ！」

足が勝手に動いていた。

気が付けば、俺は教室を飛び出していた。

いったい、どうして冒険者が玉藻前を討伐しようとするんだ？

とにかく先にユリナ教官だ。

ユリナ教官に話を聞こう。

そう思い、教官室へ向かおうとしたが、どうやらその必要は無い。

「あら？　どうしたのシファ？　もう教練が始まるわよ？」

教室を飛び出して割とすぐの所で教官と鉢合わせした。

確かに、もうそんな時間だ。

だが、今は教練よりも重要なことがある。

「教官、聞かせてくれ。どうして冒険者は玉藻前を討伐しようとするんだ？」

そう言うと、教官の視線が厳しくなるのを、俺は見逃さなかった。

今の一言で、教官は全てを察したらしい。

「……シファ。冒険者である以上、潜んでいる危険な魔物を討伐しようとするのは仕方のないことよ。ましてや危険レベル18。しかも今は傷つき、容易に討伐できるのなら……尚更でしょうね」

「俺はちゃんと報告したよな？　玉藻前に人間を襲う意思はない。討伐する必要もないって」

「えぇ。そう聞いたわ。私も、そのまま組合に報告したわ。でも――」

更に、ユリナ教官は言葉を続ける。

「冒険者が自分の判断で玉藻前を討伐しようとするのを、組合が止めることは無いわ。確かに、玉藻前を討伐する必要は無いけれど、組合が玉藻前を庇う必要は、更に無いわ」

そういうことか。

つまり、組合は俺の報告通り、玉藻前を討伐する必要はないと判断したが、その情報自体は冒険者達に開示された。

冒険者が自分の判断で、玉藻前が傷ついてる今、討伐に乗り出したということだ。

討伐の必要は無いが、危険レベル18の妖獣である以上、その冒険者達が討伐に向かうのを止める理由も、組合には無いということか。

クソ！

俺の責任だ。そこまで考えが及ばなかった。

「どこへ行くの？　これから教練よ？」

「今日は休みます。ちょっと調子が悪いんで」

「そんな殺気立った表情で言われてもね……戻りなさい」

先へ進もうとする俺の前に、教官が立ち塞がる。

「教官、悪いっ！」

そう謝ってから、俺は全力で地面を蹴る。

教官の脇をすり抜けて、先へ急ごうとしたのだが——

「——ッ!?」

通り抜ける寸前、腕を掴まれた。そして——

「ぐっ——」

グイッと、腕を引っ張られてから、足が地面から離れ浮遊感に晒される。かと思えば、視界の上下がグルリと回転し、背中に強烈な衝撃を感じた。

「いって……」

背後に、投げ飛ばされたのだ。

「認められない。シファ、もう一度言うわ——」

ユリナ教官の冷たい視線が、俺を射抜く。

朝食の時の、優しい姉のようなユリナ教官はそこにはいない。

「教室に戻りなさい」

どうやら、意地でも通す気は無いらしい。

だが、俺もどうしても行かなければならない。

『シファ君、冒険者なら約束は守らなきゃ駄目なんだよ?』

姉も以前そう言っていたしな。

玉藻前にも、『安心して傷を治せ。そして家に帰れ』って言ってしまったし。

なんとしても玉藻前には自分の家に帰ってもらわないと駄目だ。

俺は――

収納から、聖剣――デュランダルを取り出した。

「……本気？　シファ、貴方いったい誰に向かってその剣を構えているのか、理解しているの？」

チラリとユリナ教官が俺の手に握られた聖剣《デュランダル》に視線を向けたかと思うと、すぐにその鋭い視線は俺に向けられる。

俺が聖剣を取り出したというのに、教官は武器を取り出す素振りを見せるどころか、構えようとすらしない。

「頼む教官、そこを通してくれ。俺だってこんなことしたくないんだよ」

「嫌よ。シファ、教室に戻りなさい」

クソ。駄目か。

出来れば力ずくで押し通るのは避けたい。

なんて、今さらだな。馬鹿か俺は。

日頃世話になってるユリナ教官に対して剣を向けるなんて、まさに恩を仇で返しているに等しい行為を、既に俺は行っているというのに。

――最低だ。俺は。

でも、どうしても玉藻前を討伐させる訳にはいかない。

腰を落とし、聖剣を構える。

大丈夫。教官を傷付けることは絶対にしない。

剣を振るい、教官がなんらかの回避行動を取った際に生まれる隙を突いて、俺は走り去ればいい。

「シファ、よく聞いて」

相変わらず立ち位置も構えも変わっていない教官に、意識を向ける。

「貴方のしようとしていることは、なんとなく想像がつくわ」

そこで、教官が俺の背後に視線を一瞬向ける。

後ろから複数の足音と共に聞こえる声。

「お、おいシファの奴なにやってんだよ」

「シファ……」

「は、はわわわ」

いつまで経っても教室に現れない教官を不審に思ったのか、はたまた騒ぎを聞き付けたのかは分からないが、他の訓練生達が集まってきた。

何人かいるようだが、前を向いたままの俺には正確な人数までは分からない。

ただ、声から察するにロキとルエルとミレリナさんはいるようだ。

構わず、教官は話を続けた。

「玉藻前を護ろうなんて思ってるんでしょ？　随分と仲良くなったのね」

先日のカルディア高森林での出来事は、包み隠さず話してある。

別にそこまで玉藻前と仲良くなったつもりはない。

助けたいのはただ、そう、本当に、約束を守りたいだけ。というのもあるが、俺にはあの玉藻前が冒険者に討伐されなければいけない程、危険な存在だとはどうしても思えない。

玉藻前《あいつ》は、ただ自分の家に帰りたいだけなんだ。

「組合が、玉藻前の討伐を禁止するなんてことは有り得ない。それでも護りたいなら、貴方が実際に自分自身の力で、玉藻前を冒険者達から護らないといけないのよ？」

「……分かってる」

「いいえ。分かっていないわ」

──カツ、──カツ、と。教官が廊下を歩き、俺のすぐ目の前までやって来た。

「訓練生である貴方が、冒険者の邪魔をする。それがどんな結果を生むと思う？」

俺の頬に手を触れながら、教官がそう口にする。

大きな瞳が俺を捉えて離さない。

その厳しい視線の中には、愛情にも似た優しさを感じる。

そうか。玉藻前を護るということは、討伐にやって来た冒険者の邪魔をする。ということになるのか。

訓練生である俺が、冒険者の邪魔をすると──

どうなるんだろう。

……分からない。

そう視線だけで応えると、教官が教えてくれた。

「訓練所を退所させられることになるわ」

「……構わない」

別に訓練所を無事に出所出来なかったからって、冒険者になれなくなる訳でもないだろう。

それくらい、どうってことない。

「でもね、貴方の場合はそれだけで済まないのよ」

と、教官は更に言葉を続ける。

「昔教えたでしょ？　貴方はこの訓練所へ、姉の推薦で試験を全て免除されて入所したと。それは〝絶〟級冒険者である姉の持つ絶大な信頼によって叶えられたものよ」

「…………」

「良いの？　姉の築き上げた信頼が、崩れ去ることになるのかも知れないのよ？」

そこでも姉が出てくるのか。

俺が今この場にいるのは全て姉のおかげ。

その俺が問題を起こし退所することになれば、当然それは俺を推薦した姉にも飛び火してしまう。

ということか。

「お願いシファ。教室に戻って」

愛おしそうな目で見つめられる。

もし、俺がここで姉に迷惑をかけたら、その姉はなんて思うのだろう。

幻滅するのだろうか。怒るだろうか。

訓練所を退所させられてしまった俺を見て、姉はどんな顔をするのか想像してみる——

——が、笑ってる姉の顔しか出てこなかった。

俺を訓練所に放り込んだ時、姉が言っていたことを思い出す。

『私のことは気にしないで、訓練に励むんだよっ』

そう。俺は自由にやっていい。

姉なら、謝ればきっと許してくれるだろ。だって家族なんだし。

「シファ……」

大きく一歩下がり、再び俺は聖剣を構えた。

「今、姉は関係ない。ロゼ姉はそんなこといちいち気にしない」

俺は本気だと。

ユリナ教官の最初の問いに俺は態度で示しながら、そう口にする。

——すると。

「……知ってるわ。私はただ、貴方が——」

なにか教官が呟いた気がしたが、教官にしては珍しい程、聞き取りにくい声だったためになんて
言ったのかは分からない。

俺は首を傾げながら眉を顰めるだけだ。

とにかく、俺は教室には戻らないし教官も道をあけるつもりはない。

ならば実力行使……なのだが——。

「――?」


いったいどうしたことか、ユリナ教官が道をあけてくれた。

俺の進路を遮るようにして立っていたが、体の向きを変えて壁際へ寄る教官。

言葉を発した訳では無いが、間違いなく、俺がそこを通ることを許してくれているようだ。

まさか罠なんてことでもないだろうが、どういうことだ?

怪訝に思いつつユリナ教官を見つめていると、「はぁ……」とあからさまにため息を吐いて見せた。

「ほんと、貴方はお姉さんにそっくりよ。どうせ何を言っても無駄なんでしょ? さっさと行きなさい」

「……教官」

「早く行かないと間に合わなくなるかもしれないわよ。今回高森林に向かった冒険者編成《パーティー》は〝上〟級冒険者中心に編成されているわ。昼間は妖術で姿を隠している玉藻前だけど、本調子じゃないだけに、必ず見つかってしまうでしょう」

そして、こう続ける。

「相手は〝上〟級冒険者達よ。貴方は強いけど、流石に冒険者パーティー相手には勝てない。冒険者達を説得するか、なんとかして諦めさせるのよ」

勝てない。か。

そう言われると試してみたくなるが、このユリナ教官の言葉だ。素直に受け取っておこう。

俺だって、姉に迷惑がかかると分かっているのに、わざわざ冒険者達と戦いたくはない。

とは言え、必要ならば戦うが。

なんにしても、それを考えるのは玉藻前の所へ行ってからだ。

「ごめん！　ありがとうっ！　教官！」

即座に俺は駆け出した。すると――

「夕飯までには帰ってくるのよ」

という教官の呟くような言葉が、すれ違いざまに聞こえた。

俺はただ、走る。

前へ続く廊下を、訓練所の出口目指して。

「ほらっ！　貴方達はさっさと教室に戻りなさい――」

ユリナ教官の叫ぶ声が、どんどん小さくなっていった。

◇◇◇

教官には少し悪いことをしたな。

せめて、言われた通りに夕飯の時間までには戻ろう――

って、俺はガキかよ……。

とにかく、『カルディア高森林』まで急ごう。

訓練所を出て、カルディア北側の門を目指して走る。

カルディアという街はかなり広大だ。

街の中心にあるカルディア大広場から、波紋状に広がるようにして栄えているのがこの街だ。

その大広場から、東西南北に向かってそれぞれ大通りが伸びている。

俺達が過ごす訓練所は、その内のひとつの西に向かって伸びる大通り――西大通りに面している。

冒険者組合も、同じ大通り沿いにあった筈だ。

この大通りを進み、広場まで出てから北大通りを進めば、カルディア北側の門には無事にたどり着ける筈。

途中の狭い路地などを活用して、大広場を経由せずに北大通りに出ることも出来るが、俺はあまりこの街の地理に詳しくない。迷うのは御免だ。急がば回れ、というやつだ。

「――悪いっ！　通してくれ！」

そう叫びながら走る。

この時間の西大通りは人が多い。

というのも、西大通りは冒険者組合や訓練所があることから分かるように、冒険者達が足を運ぶ店が多く存在する。宿屋に武具屋に道具屋などだ。

西大通りを行き交う人の殆どは、冒険者もしくはそれに準ずる職を持った人達だ。

今も、これから依頼任務に向かう冒険者や、それの準備を行う者達で大通りは賑わっている。

「はぁ……はぁ……」

西大通りを走っていると、やがて大きな建物が視界の横に現れた。

足を止めて、その建物を見上げる。

――冒険者組合、カルディア支部だ。

どうする？　あの幼女支部長に掛け合ってみるか？

もし組合が、玉藻前の討伐を止めるように冒険者達に言ってくれれば、それが一番手っ取り早いんだが――

いや、ユリナ教官の言葉を思い出せ。

組合が玉藻前を庇うことは有り得ない。そう言い切っていた。

俺自身の力でなんとかするしかない。と。

――俺は再び走り出した。

◇◇◇

カルディア北側の門を抜けて、街の外までやって来た。

目の前には、以前の調査任務の時にも見た街道がずっと奥まで続いている。

奥に伸びる街道に視線を凝らすが、それらしい冒険者パーティーの姿は見えない。

ここに来るまでに追い抜いてしまった。なんてことは無いだろうから、ここから姿を確認出来ないとなると、もう既に高森林に侵入《はい》ったか？

高森林はたしか北東の位置にあった筈だ。

一際高い森だ、少し街道を進めば嫌でも視界に入るだろう。方向を間違える心配はない。

――先を急ごう。

再び、足を動かそうとした時だ――

「――ちょっ、ちょっと待ってってば！　シファァ！」

「え――」

そんな声と共に後ろから腕を引っ張られる。

思わず後ろを振り向くと、

「もうっ！　シファァ、走るの速いんだからっ、はあっ……はあっ……さっきから何回も呼んでるのに、全然気付いてくれないしっ」

両手を膝に突いて腰を折り、全身で息をしている美少女がいた。

汗ばんだ額に、薄蒼色の綺麗な髪が張り付いてしまっているが、そのせいでいつにも増して色っぽさが増しているように見えた。

「え……ルエル。なにしてんだよ、教練抜け出して来たのかよ」

「ちょっ！　シファァにだけは言われたく無いわ……」

豊かな胸を上下させて、荒く呼吸をしている。

俺を追い掛けるために、かなり無理して走ってきたようだが、いったいなんのつもりだ？

「玉藻前……だっけ？　私も手伝ってあげるわ」

「いやいや、いいわ。ルエルにまで迷惑かけられねーよ」

と言うと、ルエルが唇を尖らせる。

「むっ。別に迷惑だなんて思ってないから安心して。それに今さら戻れないしね。……そんなことより、急いだ方がいいんじゃない？」

確かに。

こうして話し込んでいる時間が勿体無い。

それにルエルがいてくれると、正直言って心強い。というのが本音だ。

チラリと、ルエルの顔を窺ってみた。

「ん？」

大きな瞳をぱちくりさせて顔を傾げている。

相変わらず何を考えているのか分からないな。

不本意……という訳でもないが、ここは大人しくルエルの力も借りることにしよう。

最悪の場合は〝上〟級冒険者と戦闘になる可能性だってあるし――

いや、その前に確認しておかなければ。

「ルエル、俺と教官の話聞いてたよな？　訓練生《俺達》が冒険者の邪魔をすればどうなるか、分かってるのか？」

「……分かってるわ。その時は私とシファで仲良く訓練所を退所すれば良いじゃない？　さっ、早く行きましょ」

そう言いながら歩き出した。

なんだ？

寧ろ、そうなった方が良いみたいな素振りだが……気のせいか？

まぁいい、とにかく今はカルディア高森林だ。

俺とルエルは、北東の高森林目指して走り出した。

◇◇◇

「……カルディア高森林。私は何度か来たことがあるわ」

高森林を見上げるルエル。

「え、そうなの？」

ルエルのその言葉に、少しガッカリした。

てっきり、初めてこの森を見たときの俺達みたいな反応をすると思っていたんだがな……。

「たしか、今は魔物も魔獣もいないんだっけ？」

「昼間だけな」

ならば何も気にすることはない。というように、ルエルは堂々と森へと踏み入った。

勿論、俺もその後に続く。

森の中は以前の調査任務の時となんら変化はない。

相変わらず魔物や魔獣の気配はないようだ。

俺とルエルは、森の中を奥へ奥へと進んでいく。のだが――

「で？　その玉藻前はどこにいるの？」

「…………」

俺が玉藻前を見つけたのは夜で、昼間にはその姿はなかった。

だが、その時の状況と、今日の教官の話から推測するに、玉藻前は姿を隠しているだけだ。

『妖術』と言っていた。おそらくは、玉藻前がいた一帯ごと妖術によってその姿を隠しているのだろう。

で、夜になれば月の光を浴びるために姿を現すということだと思うが……。

どこだったたっけなぁ？

全然記憶に無いわ。

あんな暗い夜の森の中だったんだから、玉藻前がいた場所を覚えておく方が無理だろ。

「……なるほど。覚えてないのね？　もうっ、シファったら」

ルエルの優しい叱責が飛んできた。

ただ、なんとなくの方向だけは分かるので、その曖昧な記憶を頼りに森を進んでいく。

どれくらい進んだだろうか？　やがて遠くの方から誰かの話し声が聞こえてきた。

談笑している声……という風ではない。

数は複数。男女入り交じった声だ。

俺とルエルは顔を見合わせて頷いた。

そこからは少し慎重に、気配を殺しながら、息を潜めつつ進む。

次第に、はっきりとその声を聞き取れるようになってくる。

そして気付いた。

声の内のひとつは今でもはっきりと覚えている、甘く、透き通るような美しい声。玉藻前の物だ。

「(シファっ、隠れて)」

ルエルに言われるまでもなく、俺は木の陰に身を潜める。勿論ルエルも。

慎重に顔を覗かせて、声のする方へと視線を向けた。

森の中にぽっかりと空いた小さな空間。全体的に薄暗い雰囲気の高森林ではあるが、この場所だけは、空から太陽の光を受け入れている。

紛れもなく、あの日見たのと同じ場所。

その中心に疲れたように座り込むのは、細い絹糸のような美しい長い髪をした美少女。体よりも大きい九つの尾が特徴的な――玉藻前だ。

そして、彼女を取り囲むようにして立つのは――七人の冒険者達だった。

＃11　冒険者

複数の冒険者達に囲まれる形で、玉藻前が座っている。

とりあえずは、まだ玉藻前が討伐されていないのが確認出来ただけで俺としては一安心だ。

訓練所を飛び出して、ここまでずっと走ってきた甲斐があったな。

――だが。

目を凝らし、そこの状況を観察してみると見えてくる状況。一触即発……というやつか？　いや、既に冒険者達は行動を起こした後のようだ。

玉藻前が、酷く傷付いているのが見て分かる。

美しい髪は乱れ、纏う衣服はボロボロだ。更に全身には打撲痕や切り傷に擦り傷と、まさしく傷だらけという有り様だ。

……対して冒険者は――

傷ひとつ無い。それどころか、装備している防具にすらそれらしい傷がついていない。

防具についている物と言えば、精々が泥の汚れやかすり傷……といったところか。戦闘で付いた物じゃなく、この森林を歩いた時にでもついた物だろう。

――あいつら、一方的に玉藻前を攻撃しやがったな。

今すぐ飛び出して、あいつら全員炎帝《イフリート》の籠手でぶん殴ってやろうか。

うん、それがいい。そうしよう。

だが、立ち上がろうとする俺の腕を、ルエルが掴んで止める。

「（待ってシファ。もう少しだけ待って）」

「（はあっ？　何でだよ、何を待つんだよ）」

今にも玉藻前は討伐されそうなんだが？

見たところ玉藻前からは戦闘の意思が微塵も感じられない。武器も持たず、妖術を使う素振りも無い。

に対して、周りを取り囲む冒険者達の手には、しっかりと武器が握られている。

――待てとは、玉藻前が討伐されるのを待てと言っているのか？

きつく、ルエルを見る。が――

「（お願いっ！　私にも玉藻前を見極めさせてっ！）」

ルエルはそう言った。

見極める。というのは、玉藻前が本当に護るに値する奴なのかを見極めるということか？

たしかに、玉藻前は危険レベル18の危険指定種だ。

実際に言葉を交わした俺とミレリナさんと違って、ルエルはまだ玉藻前という妖獣がどんな奴なのかを知らない。

──果たして、玉藻前は護るほどの存在なのかを、その目で確かめたいということだろう。

……そうか。そういうことか──

ルエルが俺の後を追ってきた理由が分かった。

場合によっては、俺が玉藻前を護ることも、ルエルは阻止しようとしているんだろう。

護るか、討伐か。ルエルはそのどちらかで迷っている。

『手伝ってあげる』

玉藻前次第でルエルは、俺と冒険者達のどちらの手伝いもする。

まぁいい。そういうことならもう少しだけ待つ。が、もしもの時はすぐに飛び出る心づもりだ。

そう思いながら俺は再び玉藻前の方に意識を向ける。

すると丁度、冒険者達が何かを話し出すところだった。

耳を向ける。

「本当に抵抗しないんだね。危険レベル18、玉藻前。いったいどういうつもり？」

玉藻前の正面に立つ、女の冒険者だ。

他の奴らはコイツよりも一歩引いた距離感で玉藻前を取り囲んでいる。

──コイツがリーダーか？

「……我にお主らと戦う意思は無い。願わくば、このまま我を見逃してもらいたく思う」

目を閉じ俯きながらそう言う玉藻前は、かなり辛そうだ。

「見逃してって……危険レベル18を？　笑わせないで欲しいよ。レベル18なんて高レベル、さぞかし多くの人間を殺して来たんでしょ？」

「…………………」

何も言い返さない玉藻前に、その女はゆっくりと近付いていく。

「人間は殺す癖に、自分は見逃してもらおうと思ってるわけ？　どうせその聖火の傷が癒えれば、また人を殺すんでしょ？」

「……あぅっ」

――怒りが爆発しそうだ。

あの女、玉藻前の髪を乱暴に摑んで、無理矢理に立たせようとしてやがる。

だが、玉藻前はそれほど痛めつけられたのか、立ち上がることが出来ない。立つ力も残っていないのか。

玉藻前は必死に口を動かし、絞るように声を出す。

「わ、我は……自分から人を襲ったことは……ない。我はイナリ山の護り神じゃ、人を襲うことはせぬ――」

「何が護り神よ……所詮は魔物でしょうがっ！」

「うぐっ――」

女の回し蹴りが、玉藻前の腹に直撃した。

成す術なく、玉藻前は近くの木まで吹き飛ばされ、叩き付けられた。

苦しみ、声にならない声を漏らしている。

ここまでされても、玉藻前は何の抵抗も見せない。

俺の時と一緒だ。

イナリ山《じぶんのいえ》に帰るために、見逃して欲しい。そのために抵抗をしない。戦意すら見せない。

もう十分だろ？

これ以上まだ、黙って見ていろって言うのかよ。

なぁっ!?　ルエル。

「（シファ、あの女は〝上〟級冒険者のサリアよ。魔物や魔獣に対しての敵意がとても強くて有名。実力もかなりの物だと聞いたことがあるわ）」

そんなことはどうだって良い。

このままじゃ、玉藻前が――

「危険レベル18、玉藻前。お前はここで死ね」

いつの間にか、倒れ伏す玉藻前の髪をまた乱暴に掴み、その美しい顔に剣を突きつけていた。

――限界だ。

最後に、ルエルの顔を睨み付ける――これ以上はもう待てない。そんな意思を込めて。

「……分かったわ。玉藻前を護り――」

ルエルの声は、最後まで聞かなかった。

即座に俺は地面を全力で蹴り、跳躍した。

体を捻り、激しく回転させながら、高く飛び出る。

そんな回転の最中に、俺が収納から取り出したのは――

籠手――炎帝《イフリート》だ。

目の前の景色が目まぐるしく回る中、あの女を含む冒険者達が驚いたような表情で俺を見上げているのが分かった。

玉藻前とは目が合った。

俺の回転は止まらない。

1回転、2回転、3回転、4回転と……俺は回り続ける。

その遠心力は、炎帝の攻撃力へと変わっていく。

激しく燃え盛る炎は、加速度的に上昇する遠心力によって更にその火力を上げる。

『シファ君、炎帝を使うときは火力に注意しないと駄目だよ。あまりやり過ぎると――』

20回転。

数えられたのは、そこまでだ。

上限を知らない炎帝の火力は上がり続けた。

灼熱と化した籠手の炎は、空を焦がし、空気を焼く。

さながら太陽のように、森の中でありながら冒険者達と玉藻前の影をハッキリと浮かび上がらせる。

姉の言葉を思い出した。

『あまりやり過ぎると、相手は骨も残らないよ』

玉藻前から冒険者の女へと視線を移す。

〝上〟級冒険者だかなんだか知らないが、俺はお前を許せそうにない。

跳躍した勢いそのままに、俺はその冒険者へと迫る。

炎帝の炎に照らされ、場の状況と冒険者達の様子がよく見えた。

上昇する一帯の温度と、突如として空中に出現した太陽《俺》の姿に冒険者達が驚いている。

玉藻前の髪を乱暴に掴み、その顔に剣を向けていた女も同様だ——目を見開き、唖然としている。

それどころでは無くなった。とばかりに、玉藻前の髪から手を放す。

玉藻前は力無くその場に座り込むが、その視線も俺に向けられている。

「な、何……なんなのあれ。魔神!?」

眩しさに目を細めながら、女がなにやら叫ぶ。

籠手《炎》の光で、俺の姿をしっかりと視認できていないのか、それとも籠手を装備した俺はそれほどまでに恐ろしい姿をしているのか……とにかく、この女は俺のことを人間とは違う別の何かと勘違いしているらしい。

「——ッ!?　ちっ！」

女がその場から離れる。

一瞬、玉藻前にとどめを刺そうか迷う素振りを見せたが、退避を優先したようだ。

そのまま、俺は玉藻前の目の前に着地する。

「お、お主……このあいだの——」

息苦しそうな表情で、玉藻前がそう口にする。

チラリと、俺は視線だけで玉藻前の様子を確かめた。

衣服はところどころ破れ、その白い肌が晒されている。

各所に見える火傷のような痕は鳳凰の聖火による物だが、それ以外の無数の傷は――

全て、コイツ等がつけた物か。

サリアという名の〝上〟級冒険者。

玉藻前から少し離れた位置で立ち尽くしているコイツの後ろには、いつの間にか他の冒険者達も集まっていた。

「に、人間!?　あなた、いったい何者――」

何かを話そうと口を開きやがったらしいが、俺は即座に地面を蹴りコイツの懐に飛び込んだ。

「なっ!?　なんて速――」

未だ煌々と燃え盛る籠手《炎帝》を装備した右拳。

膝を踏ん張り、腰を捻る。その遠心力も追加させた拳は、小さな爆発と共に放たれる。

「――――ッ！」

溜まりに溜まった火力が、一気に解き放たれ――眩しい程の閃光が、轟音と地響きと共に暗い森を照らした。

繰り出した右拳を中心に、辺り一帯に激しい衝撃波が迸る。

周りにいたこいつの仲間達《他の冒険者》は、超高温の熱風と衝撃波に晒されて後ずさる。皆、悲鳴にも似た呻き声を上げている。

やがて、激しい衝撃波と閃光を放っていた籠手は、その勢いを次第に弱くさせる。

――ジリジリ。と、籠手の周囲からは小さな炎が未だに燻り、周りの空気を歪ませているが、溜めた火力は全て吐き出せたようだ。

繰り出した右拳――その手が伸びる先の森が、消し飛んでいた。

跡形もなく。

視線を下に向けてみる。

「はっ……はっ、はっ、はっ」

運の良い奴。

どうやら、腰を抜かしてしまったらしい。

俺の攻撃の寸前に腰を抜かし、運良く攻撃を外された。

涙を流し、口をパクパクさせながら短く呼吸をしている。

「戦意の無い奴をいたぶるのはどんな気分だった？　楽しかったか？」

俺の気分は最悪だ。痛め付けられる玉藻前の姿を見せられて、ここまで嫌な気分になるとは思っていなかった。怒りも収まりそうにない。

「――ぐっ」

胸ぐらを摑み、無理矢理に立たせる。

こいつが〝上〟級の冒険者。たしか、名前はサリアと言う。

少し明るめの茶髪。気は強そうで、整った顔立ちをしている。

危険指定レベル18という――本来なら決して敵う筈のない強力な妖獣、玉藻前を一方的に痛め付けるのは気分が良かったことだろう。

「――あなた、いったいなんなの!?　ぐっ、手を放せ」

鋭く俺を睨み付けてくる。

流石、〝上〟級と言うだけあるな。もうそんな気力を取り戻したのか、あの状態から。

――少しは玉藻前の痛みを思い知れば良い。

女を掴み上げている方とは逆の手首を軽く振るう。

小さな回転だが、それでもその遠心力は炎帝に力を与える。

――ボッ。と小さな炎が生まれた。

「ちょっと！　シファっ！」

しかし、その手首はルエルによって押さえつけられる。

籠手の上から感じる、ひんやりとした冷たい感覚。

炎帝の炎を、ルエルが氷の魔法で相殺したらしい。が、それでもかなりの熱量だったのか、ルエルは苦痛に顔を歪ませた。

「それ以上は駄目よシファ。私達は戦いに来た訳ではないでしょ？　ほら、落ち着いて？　ね？」

「………………」

痛みを我慢しながら笑うルエルを見て、ようやく俺も落ち着いた。

――やっちまった。やり過ぎた。

ここまでするつもりは無かったのに。

訓練生である俺が、〝上〟級冒険者にここまでのことをやらかした。

いや、とにかく手を放そう。

ソロリと、掴み上げていた女をその場に放す。

「――げほっげほっ！」

かなり強い力で掴んでしまっていたようだ。手を放した途端咳き込んでいる。

暫く呼吸が整うまで待とう。

話はそれからだ。

◇◇◇

「大丈夫か？」

そう俺が声をかけた相手は――玉藻前だ。

本当に、酷い有り様。

なにも、ここまでされるがままにならなくても良いだろうに。

死んでしまったら家にも帰れないぞ？

「やはり、お主は以前この森にやって来た小僧か。……助けて……くれたのか？」

相変わらず偉そうな物言いだが、不思議と不快感は無い。

「いや……『安心しろ』ってあの時言ってしまったからな。お前にはちゃんと家に帰ってもらわないと俺が嘘吐いたことになっちまうだろ？　それに、こんなことになった責任は俺にある。悪かったよ」

そう。これは別に玉藻前のためじゃない。

俺自身のためだ。俺が、姉の言っていたことを守るため。

「護らせてくれ。お前がちゃんと家に帰れるようにさ」

「………」

玉藻前が目を見開く。

綺麗な瞳だなおい。

それに改めて間近で見ると、ルエルに負けず劣らずの美貌だ。

幼く見えるのが少し残念だが……。

「あなた、その玉藻前を護るって……どういうつもり？　ソイツは危険指定種よ？　討伐すべきではあっても、決して護るような奴じゃないのよ」

背後から、そんな声がした。

やっと落ち着いて話が出来るようになったか。

とは言え、まともに話を聞いてもらえるかどうか……。

顔を向けると、サリアという女冒険者が俺達を睨み付けていた。

その後ろに六人の他の冒険者達。男女比は半々だ。

「ってか、あなた何？　冒険者……じゃないわよね？　一般人？　な訳ないわよね？　さっきの動き、尋常じゃないわ」

かなり俺のことを警戒している様子だ。

それぞれが武器を手に持ち、構えている。

「カルディア冒険者訓練所の、訓練生だ」

既に炎帝は収納に戻している。

こちらにこれ以上の戦闘の意思はない。そういった意味を込めて両手を開く。

「訓練生!?　あなたが？　いや、今の力はとても訓練生の物じゃ――いや、今は良いわ」

そう言いながら、剣の先をこちらに向けてくる。

「私達はそこの危険な妖獣を討伐しに来たのよ。邪魔しないでくれる？　訓練生？」

「コイツは危険じゃない。見て分かるだろ？　戦意は無いし、人を襲ったりもしない。聖火の傷を癒せば、コイツはもといた場所に帰ると言っている」

「信じられる訳ないでしょ？　魔物の言うことなんて」

くそ。聞く耳を持ってねえ。

どうすればいい？　力で無理矢理やめさせるか？　駄目だ。それは最終手段だ。

もう少し、もう少しだけ説得を。

「分かってくれよ！　その証拠に、コイツはあんた達にここまでやられたのに、一切の抵抗を見せなかっただろ？」

「弱っているからでしょ？　あなたこそ分かって。危険な魔物は、倒せる時に確実に倒さなければいけないのよ。冒険者になればあなたにも分かるわ。……それに魔物なんて、どれも生かしておく価値なんて無いの」

そう言いながら、腰を落とす。

それに合わせるように、後ろの冒険者達もそれぞれ構えを取る。

駄目だ。話をするつもりも無いらしい。

本気で玉藻前を討伐するつもりだ。

しかも、今度は全員一斉に攻撃を仕掛けて確実に玉藻前の命を取ろうとしている。

護り切れるのか？　この人数相手に――

「もう良い。お主の気持ちを我は嬉しく思うよ。おそらく、我を護ろうとすれば、お主には迷惑がかかるのじゃろ？　ならば我のことは気にしないで欲しい」

後ろからかけられる玉藻前の声に、俺は何も言い返せない。

とにかく、何か武器を――

いや、取り出した所でどうするんだよ。

一人を止めても、別の誰かが玉藻前を狙うだけだ。全員を止める手段が見つからない。玉藻前を護ろうとして、冒険者達に危害を加えてしまうことも、あってはならないことだ。

「そこを動かないでよね――」

そう言って、サリアが駆け出した。

リーネ以上の速さで、瞬く間に迫ってくる。

その視線が捉えているのは俺だが、俺が何も出来ないでいるのを確認して、すぐに玉藻前へと視線を移す――が。

「――ッ!?　なっ!?」

突然。そう、本当に突然。どこから現れたのか分からないが、玉藻前へ迫るサリアの進路に、突然割って入るようにして誰かが乱入した。

その誰かが、両手に持った二本の剣をサリアに振るう。一瞬、風を切るような音が鳴り響く。が、当てる気は無かったようだ。サリアはそれを一歩引いて回避した。

――だ、誰だ?

物凄く速い動きだった。

その後ろ姿は、誰かに似ているような……。

肩の上まで伸びた茶色い髪が、フワフワと揺れている。

両手に握られているのは、二本の細い剣――細剣だ。

「ふぅ。姉さんに先行して見てこいって言われて来てみたけど、どうやら正解だったみたいね。ねえ?　サリア」

知り合いなのか、そう語りかけ始める。

「……あんた、何しに来たの?　あんたの出る幕じゃないわよ――セイラ」

ピンと来た。

さっきの速さは、『音剣』だ。間違いない。

リーネよりも洗練された動き。そして細剣。

どこかリーネと似た雰囲気を持つ、突如現れたこの女性は――

――セイラ・フォレス。リーネの姉だ。

「ふーん。……なるほどね、ふむふむ」

そう何やら独り言を話しながら周囲を見回し始めた。

いったい何故、このリーネの姉《セイラ》がやって来たのかは分からないが、〝上〟級冒険者サリアの突進をこのセイラが阻止してくれたおかげで、再びの膠着《こうちゃく》状態となった。

そのセイラの視線が俺からルエル。そして玉藻前へと移動する。

「うわっ、ひっど……。ボッロボロじゃん」

玉藻前の姿に、そんな反応を示す。

そしてその瞳は再び俺へ向いた。

「君……シファくん？」

その言葉に俺がコクリと頷くと、ニヤリと笑って見せる。

どうして俺の名を？　ってかなにその顔、めっちゃ悪そう。

「きたっ！　これでやっと姉さんに借りを返せる！」

グッと握り拳をつくり、やたら嬉しそうな表情だ。

俺とルエルは互いに見合わせながら首を傾げる。

うん。リーネに似て変な女だな。ちょっと関わり合いたくはない。

リーネにあんな意味不明な恋愛観を教える姉だ、きっと普通じゃない。

と言うより、味方なのか？

さっきは助けられたが、果たして——このセイラ・フォレスという冒険者は、どっちだ？　玉藻前を討伐する側なのか？　それとも……。

なんて考えていたところに、しびれを切らしたのかサリアが再び口を開く。

「セイラ、まさか貴方まで私達の邪魔をするつもり？　私達は冒険者としてそこの妖獣を討伐するのよ？」

「そうみたいね。でも、彼等にそれを邪魔されたんだ？　上級冒険者も何人かいるみたいだけど……ねぇ？」

「…………」

リーネの姉のセイラの、その馬鹿にしたような言葉に、サリアを始めとする冒険者達の表情が険しくなった。

やっぱり似てる。間違いなくリーネの姉だ。

敢えて相手の気分を悪くするために、言葉を選んでいるような所が特に。

冒険者達があからさまに機嫌を悪くしたのを見て、リーネの姉はフフンと鼻を鳴らしながら笑う。

「あら、気を悪くしちゃった？　ごめんね。私弱い奴って嫌いでさ、知ってるでしょ？」

最早相手を挑発しているような口ぶり。

そんなリーネの姉《セイラ》の挑発に、冒険者達は更に機嫌を悪くしていくが、サリアだけは落ち着いた表情を取り戻していた。

「何が狙い？　時間稼ぎのつもり？　いったい何のための時間稼ぎなのかは分からないけど、それに私が付き合うとでも？　そこを退いてくれる？　玉藻前を討伐するから」

再び剣を構え、腰を落とす。

「そこの彼が、玉藻前の討伐をやめて欲しいそうだけど、それでもアンタは玉藻前を討伐するの？」

驚いたな。

俺は一言もそんなことを言っていないというのに、セイラはこの状況を見ただけで理解しているらしい。

流石は有名人。ということか？

「当たり前でしょ？　依頼が発行されている訳ではないけど、魔物討伐にそんな物は必要ない。セイラ、いくら貴方でもそれを邪魔する権利は無い。もし邪魔をすれば――」

「組合から処罰されるでしょうね」

そう答えながら、セイラも両手の細剣を構える。

本当に、俺達の味方をしてくれるのか？

話から察するに、冒険者の邪魔をする事を、それがたとえ同じ冒険者であっても許される物ではないようだが、それでもセイラは——俺達を、玉藻前を助けてくれるのか？

「本気なの？　信じられないわね。貴方に何の得があるというの？」

確かに、俺達を助けることに何の得があるというのか。

助けられる身でありながら、セイラの行動は俺にも理解できない。

たった今知り合ったばかりで、まともに会話したことすら無いのに。いったい何故だ？

「アンタこそ本気？　いや、アンタ達こそ本気？　私は〝音剣〟のセイラよ。カルディアの〝上〟級冒険者では私より強い奴はいない。アンタ達、私に勝てるの？」

すげえ自信だ。まるでいつぞやのリーネを見ているようだ。

なんて感心している場合じゃない。

リーネの姉が加勢してくれるんだ、もしかしたら本当に玉藻前を護り切れるかも。

俺も収納から聖剣《デュランダル》を取り出し、構える。

視界の端で、ルエルも構えを取っているのが見えた。いつでも魔法を行使できる状態だ。

そんな俺達を見て、サリアの表情もようやく真剣な物になった。

「どいつもこいつも、馬鹿ばっかり。魔物を庇う人間なんて見たことないわ」

スッと、サリアの表情が暗くなる。

——本気の顔。

一言で表すなら、そんな顔だ。

ゆっくりと、右手に構えた長剣に左手を翳《かざ》す。

「精霊付与《エンチャントスピリット》――風精霊《ウィンディア》」

――そうサリアが口にした瞬間、右手に持っていた剣が風を帯びる。

周囲の空気が、その剣に集まっているように見える。

なんだ？　何が起こった？

初めて見る光景に少しばかり混乱してしまう。

「〝上〟級冒険者、サリア・アーデル。彼女は魔法剣士よ」

ルエルがそう教えてくれた。

魔法剣士ね。ちょっと格好良いな。

それに、そのサリアの持つ剣の雰囲気が劇的に変わっているのが分かる。

魔法的な力が加わって、更に鋭利さが増したような。そんな感じだ。

とにかく、さっきまでの奴《サリア》と同じに考えていたら痛い目に遭いそうだ。

しかし――

「あらサリア、魔法剣を使うなんて、随分と本気を出すんだ。私達三人相手に？　恥ずかしくないの？」

と、セイラが相変わらず自信たっぷりに挑発を続けている。

頼もしい限りである。

「黙りなさい。そこの妖獣を庇うのなら、お前達だって容赦はしない。私達全員で確実に討伐する」

「あっそ。じゃあさっさとかかってくれば？　ほら、どうしたの？　びびってるの？」

何を思ったのか、セイラがやれやれとばかりに構えを解いた。

はっきり言って隙だらけだ。

――い、意味が分からない。

セイラのその姿に、俺は呆気に取られてしまう。

そんな中、とうとうサリアが動いた。

「無事で済むと思わないでよ――」

サリアの握る剣にまとわりつく風が、その勢いを強くさせた――かと思うと、サリアが勢いよく踏み込む。

その踏み込みに合わせて、サリアの後方から勢い良く風が吹いた。――追い風だ。

剣に纏う風が、追い風となってサリアの踏み込む速度を更に速くさせている。

さっき見た〝音剣〟の速度にも迫る速さで、サリアは一直線に距離を詰める。

しかしその瞬間、俺は見逃さなかった――セイラの口角が再びつり上がったのを。不適に笑ったセイラの顔を。

その、セイラの笑いの意味は――

迫り来るサリアを横から叩きつけるようにして、森の奥から押し寄せた――暴風だった。

「――ぐっ！」

サリアが剣に纏わせていた風など、まるでゴミのようにその暴風が呑み込み、更にはサリア、そして冒険者達をも吹き飛ばす。

激しい風が、森の中を駆け巡る。

俺達も、思わず顔を両手で覆ってしまう程の暴風だ。

セイラが何かやった訳ではない。ただそこに立っていただけだ。

勿論俺も、そしてルエルだって何もやっていない。

今の暴風を、サリア達に浴びせたのは誰か？

俺には分かる。

今の暴風を俺は知っている。

――風神《シヴァ》の怒れる暴風だ。

その暴風がやって来た森の奥へと、俺は視線を向ける。

奥の暗がりから、誰か歩いてくる気配。

しばらくして、その姿が次第に明らかになり、俺の頬は自然と緩む。

――やはりだ。

見慣れた金色の髪に、金色の瞳。

その手に握られているのは、薙刀――風神《シヴァ》。

思った通りの人物が、森の奥から顔を覗かせた。

スラリと伸びる手足。そして長い金色の髪が風になびく。

森の奥の暗がりからやって来た女性は、俺がよく知る人物であり、俺が一番大好きな女性だ。

「……ロゼ姉」

つい、そんな声がこぼれてしまった。

そう。この女性は俺の大好きな姉――ローゼ・アライオンだ。

良く知る姉の顔を見て、俺は安心感に包まれる。

こう、話せる距離、手の届く所に姉が居てくれるだけで、ここまでの安心感を、我が親愛なる姉は与えてくれるのだ。

しかし、どうしてだ？　どうして姉がここにいるんだ？

たしか、姉は鳳凰の討伐に指名されたたって話で、王都方面にいる筈だけど――

と、予期せぬ姉の登場で、俺の心は安心と疑問に支配される。

そんな俺の気持ちなど知らず、姉の大きな金色の瞳は辺りを見回し始める。

その姉の瞳は、まず俺を捉える。すると、途端に姉の表情はパアッと綻ぶが――「コホンッ」とひとつ咳払いをすると、再び凛とした表情を取り戻した。

そして隣に立つルエルからリーネ《セィラ》の姉へと流れ、後ろで座り込む玉藻前へと向けられた。

「――危険指定レベル18、玉藻前だね」

そう言う姉の表情から、真意は読み取れない。

「う……ぐっ、いったい何が――」

そんな時、暴風によって吹き飛ばされ、近くの木に叩きつけられ蹲っていたサリア達冒険者が呻き声を上げる。

体を庇いながら顔を上げようとしているが、少し辛そうだ。

それでも、状況を理解しようとなんとか顔を上げた。

「――ッ!?」

冒険者達が唖然として息を呑む。

彼等の視線は、姉へと向けられた。

「そ、そんなっ……。〝戦乙女《ヴァルキュリー》〟ローゼ……ど、どうしてここに」

姉の姿に、全ての冒険者が驚いていた。その感情には、寧ろ恐れすらも込められているのが分かるが――

そ、そんなになのか。

我が姉は、〝上〟級冒険者ですら恐れる程の冒険者なのか。

〝絶〟級って、そんな偉いのか……。

すると、サリアのその声を聞いた姉の視線が、ギロリと向けられる。

「――ッ！」

冒険者達を見回す姉の視線を受けて、冒険者達の体が強張っているのが分かる。

「これはいったいどういう状況なのかな。えーっと……そこのあなた、説明してくれる？」

と、姉はサリアに視線を合わせてそう言った。

「え、え？」

「――説明してくれる？」

姉が冷たくそう言い放つと、サリアはその場で無理に立ち上がる。

背筋を伸ばし、生唾を飲み込んでから、ハキハキと話し始めた。

「は、はい！　私は〝上〟級冒険者、サリア・アーデルです。冒険者組合より、カルディア高森林に危険レベル18――玉藻前が手負いの状態で潜伏しているとの情報を入手し、編成《パーティー》を組んで討伐へと出向いて来ましたっ」

すげえ。さっきまで強気の態度を崩さなかったこのサリアが、必死に丁寧な言葉を選び、姉に説明している。

完全な上下関係が、ここに存在しているのが分かる。

「王都の組合にもその情報は回ってきていたね。でも確か、玉藻前の討伐依頼を、組合は出していなかった筈だけど？」

「は、はい！　危険レベル18の玉藻前を放置するのは危険と、私達が独自に判断しました」

「そう……」

と、姉がそこで目を細める。

そしてクルリと振り返り、俺達の方へと歩み寄り、やがて俺の目の前に。

そして――

「シファくんっ！　大丈夫っ？　怪我は？　してない……よね？　大丈夫だよね？」

ペタペタと、俺の体のあちこちを確認するように触る姉。

人目など一切気にする様子がない。

さっきまでの威厳めいた物など何もない、弟を心配する普通の姉。

うん。いつもの姉だ。

「…………」

「…………」

そんな様子を、ルエルとセイラが口を半開きにさせて見ているのが分かる。

と言うより、少し引いてるだろ。

「ちょ、ロゼ姉、大丈夫だから！　怪我は無いって！　それより、どうしてここに？」

流石に恥ずかしい。

姉を少し強引に引き剝がす。

すると、姉は少しムッと頰を膨らませた。

「シファ君に逢うためにカルディアへ向かってたところだったんだ。そしたらこの森から炎帝の炎が見えたからね、様子を見に来たんだ。セイラには先行してもらったんだよ？」

え？　と、セイラの方を振り向く俺に、セイラはパチリとウインクして見せる。

なるほど、このセイラは姉が向かわせてくれたのか。

でも待てよ。

となると鳳凰は？　まさか仕事放棄か？　あ、有り得る。

姉のことだ、俺のことが心配になって鳳凰討伐の任務を放り出してカルディアまで戻ってきたのかも。

現に今だって、「んふー、シファ君成分補充中」とか気色の悪いことを言いながら俺の匂いを嗅いでいるし。

「おいおい、ロゼ姉は確か、鳳凰の討伐に指名されたって聞いたけど？　その任務はどうしたんだよ」

いくらなんでも周りの視線が痛すぎる。

サリア達冒険者なんて、まるで信じられない光景を見たかのような顔をしている。開いた口が塞がっていないぞ？

もう一度、俺は姉を引き離した。

「おっと、そうだった。それに――」

と、姉の視線は俺達の後ろ――玉藻前へと向けられる。

「鳳凰は討伐したよ。その証拠に――」

そして、ゆっくりと歩き出した。

一歩、二歩と、姉は玉藻前の所へと歩み寄る。

――鳳凰は討伐した。姉は確かにそう言った。

玉藻前への所へと歩きながら、姉の右手の先に大きな魔法陣が出現していることに気付く。

――収納魔法陣だ。

幻竜王《バハムート》の武器を出現させる時と同程度の大きさの収納魔法陣。

つまり、大剣――幻竜王のような強力な武器を取り出そうとしている証拠だが、何をするつもりだ？

やがて、その魔法陣から伸びるようにして出現したのは——

一振りの刀だった。

金色の刀。その周囲には、ユラユラと金色の炎がゆらめいている。

「————ッ！！！」

それを見た玉藻前が、顔を苦痛に歪ませた。

「聖焰刀《セイエントウ》——鳳凰《ネフティス》」

そう姉が口にしながら、その刀を玉藻前の喉元に突きつける。

「危険指定レベル18。妖獣——玉藻前。今からいくつか質問するから、正直に答えて。嘘をつけば私がここで討伐するし、質問の答えによっては——」

その姉の言葉を、玉藻前は受け止める。

そして、しっかりと頷いていた。

#12 『危険指定レベル18 妖獣 玉藻前』

「お、おいっ、ロゼ姉っ――」

いったい何のつもりだ？　どうして玉藻前に刃《やいば》を突きつける？

討伐……するつもりなのか？

「シファくん。お願い……何も言わないで」

手を伸ばそうとする俺に、そう視線だけを向ける姉。

姉の持つ刀は、依然として玉藻前に突き付けられている。

「仮に、シファくんが私にお願いすれば、私はシファくんの願いを全力で叶えるよ？　でも、その前に……私にも確認させて欲しいの」

そして再び、姉の視線は目の前の玉藻前へと突き刺さる。

「彼女《玉藻前》が、シファくんを不幸にさせない存在かどうかを――」

つまりは姉も、玉藻前のことを信用していない。ということか。

そりゃそうだよな。『危険指定レベル18』とは、それだけ危険な存在だという証明なんだから。

姉は今の状況を全て理解しているのだろう。

玉藻前を討伐しに来た冒険者達に対して、それを護ろうとする俺とルエル。

そしてもし俺が、『玉藻前を護ってくれ』と姉に頼めば――姉はそれを叶えてくれる。

姉はそうも言っている。

だがその前に、姉自身で玉藻前という妖獣を見極めたいのだ。

姉の視線と玉藻前の視線が交じり合う。

「まず、私はローゼ・アライオン。彼等と同じ冒険者よ」

「わ、我は玉藻前じゃ」

自己紹介から始まった。

片や、刀を相手に突き付け見下ろしながらという、異常な状態での自己紹介だ。

そして、姉は周囲を――と言うよりかは、サリア達冒険者の方を一瞥した。

「私は、ここにいる全員を相手にしても無傷で勝利することが出来る。玉藻前――あなたがたとえ万全の状態でも、私一人で討伐する事が出来るよ」

ゴクリと、近くのセイラが喉を鳴らしたのが分かった。

姉のその自信に溢れた言葉は虚勢でもなんでもない。

ひとつの事実。確定事項として、この場にいる全員に教えているようだが――どうやらそれはほぼ全ての者が知っていた事実らしい。

皆の表情は、驚いている――というよりかは、姉の迫力に気圧《けお》されているような。そんな表情。

そう前置きをしてから、姉の玉藻前への質問が始まった。

「まず、あなたはここ《カルディア高森林》で何をしているの？」

「……鳳凰の聖火による傷を、癒しておる。身を潜められる場所として、ここを選んだ」

「傷が癒えれば、あなたはどうするの？」

「イナリ山へと帰る。もう一度、あの忌まわしい鳳凰から我が地を取り戻す。そう思っておった」

「そう。人間を……殺したことはある？」

「…………」

沈黙。

人を殺したことはあるか？　という姉の質問で、玉藻前が初めて沈黙した。

いや、その質問の答えなんて、皆分かっている。

危険指定レベル18などという物を、組合から定められた妖獣。ということはつまり――そういうことだ。

「……ある」

しばらく沈黙した玉藻前だったが、そう答えた。

「どうして人を殺すの？」

「我は……護るために殺す。我は、我の――護りたい物のためなら、人を殺す。今までそうしてきた、そしてこれからも……そうするだろう」

姉の瞳を真っ直ぐに見つめ返しながら言っている。

嘘偽りのない言葉のように思える。

果たして、この玉藻前の言葉を聞いて、姉はどう思うのか……。

「…………」

「…………」

黙って見つめ合う二人。

もう質問は終わりか？　そう思ったが、姉の口から新たな質問が投げられた。

「あそこにいる男の子。シファくんをどう思う？」

「——え？」

俺を指し示しながらの、そんな意味の分からない質問だった。

玉藻前も、思わず俺の方に振り向いて呆けた表情をしている。

——え。何その質問。

その質問にいったいどんな意図が？　その質問、今必要？　関係ある？

我が姉の頭の中を覗きたい。

なんて考えていたら、玉藻前と目が合った。

が、なにやら照れくさそうに目を逸らされた。

「わわ……我は護り神。あ、あの者はそんな我を護ってくれると言った。そんなことを言ってくれる者など……は、ははは初めてじゃった……つまり……その」

さっきまでとはうって変わって、玉藻前の目が泳いでいる。

——やめてくれ。

確かに、さっきはそんな恥ずかしいことを言ってしまったけど。改めて言われるとこっちまで恥ずかしくなるからっ。

「…………」

「きゅぅ……」

真っ直ぐ見つめる姉に対して、玉藻前の視線は落ち着きがない。

頬は少し赤く、まるで似つかわしくない可愛らしい鳴き声を上げている。いや、玉藻前の見た目から考えれば、その鳴き声ははっきり言ってよく似合っている。正直言って可愛い。

チラチラと、玉藻前が俺の方を盗み見ているが、丸分かりだ。

やがて、姉は「ふぅ」と小さくため息を吐いたかと思うと——

玉藻前の喉から、刀を遠ざけた。

とても長いように感じたこの緊張から、俺もようやく解放された気分だ。

刀を引いてくれた。ということは、俺も安心して良いのか？

玉藻前の表情は——どうやらそれどころでは無いらしい。

自分の胸に手を当てて、惚けたような表情だ。大きな瞳をパチパチさせている。

刀を喉元に突き付けられていたんだから、さぞかし緊張したことだろう。

玉藻前から踵を返して、姉が再び冒険者達の方へと歩いていく。

その表情は——少し機嫌が悪そうだ。

「〝上〟級冒険者、サリア・アーデル……だったよね？」

「は、はい！」

今度は冒険者達に向けて、姉が何かを話すようだ。

その内容は――

「危険指定レベル18、妖獣――玉藻前の討伐は……必要ありません」

「――なっ！　何故ですか!?　レベル18の魔物を、みすみす見逃せと？　そう言うのですかっ！　貴女は!?」

「……言い方を変えます。玉藻前の討伐は――私が許しません」

冒険者達が目を見開いた。

口をパクパクさせながら、唖然としている。

「そ、それが貴女の――〝絶〟級冒険者としての判断、という訳ですか」

「そうです。組合からの依頼書を持っているのなら話は別ですが。そうでない以上、私にはあなた達の行動を制限する権利があります」

「っ！　『絶級特権』ですか」

「………………」

手を震わせ、悔しそうな表情のサリアのその言葉に、姉は何も返さない。

ただ真っ直ぐと、相手を見つめるだけだ。

「……分かりました。貴女がそう言うのなら、従います」

やがて、諦めたようにサリアが手に持っていた剣を収納に戻すと、他の冒険者達もそれに続く。

助かった？

玉藻前は、討伐されずに済んだのか？　本当に？

少し状況について行けず、困惑しながら姉を見る。すると姉は、俺の視線に気付きニコリと笑ってくれた。

――良かった。

俺もようやく、ホッと胸を撫で下ろす。

「ところで……君はいったい何者？　あの時の異常な力といい、ローゼ様との関係といい」

と、サリアが俺に質問をぶつけてきた。

「ああ、俺は――」

答えようとして、そう口を開いたのだが突如として腕を引っ張られてしまい、最後まで言うことが出来なかった。

腕を引っ張られ、俺は抱き寄せられる。

「彼はシファくん。私の大切な弟だよっ」

間違ってはいない。

間違ってはいないが、スキンシップが激しすぎる。

少しは人目を気にして欲しい。

「…………」

サリア達も言葉を失っている。

「もしあなた達がこのシファくんに傷のひとつでも付けていたら――私多分、あなた達のこと殺してたかも知れないよー」

たはー。と、笑いながら言っている姉の言葉に、サリア達の顔はみるみる青くなっていった。

仮に冒険者達にそんなことをしてしまったら、流石の姉でもただでは済まないだろうが、それでも姉はやりそうだ。

それを分かっているのか、サリア達の顔にタラリと汗が流れてくる。

「と、とにかく！　私達は帰ります。この事は組合に報告させてもらいますので、良いですね？　戦乙女ローゼ？」

この事とはつまり、玉藻前の討伐を姉が禁止したことを。だろう。

何か不味いことでもあるのか？　と思い、姉の顔を窺うが、姉の表情は相変わらずいつもの優しい物だった。

何はともあれ、こうして玉藻前を護ることが出来た。

玉藻前を無事に家に帰す。という俺の目的は、なんとか達成する事が出来た訳だ。とは言え、結局また姉の力を借りてしまった訳だけど。

なんて、姉に抱かれたまま、サリア達冒険者が帰っていく後ろ姿を見ながら思っていると――

「それじゃ、もう少しだけ玉藻前ちゃんから詳しく話を聞こっか！　シファくんもっ！」

と、姉が言ったのだった。

◇◇◇

「それにしても。シファくん、やっちゃったね」

サリア達冒険者が帰っていったのを見届けて、姉がそんなことを言った。

その姉の見つめる先には、少し日の傾いた空が見える。

その下には、遠くまで伸びる街道。

ここは高森林のど真ん中。にもかかわらず、森の外が覗き見える。

「流石に森の3分の1を消し飛ばしちゃ駄目だよー」

あの時、怒りに任せて振るった炎帝の拳は『高森林』という森の大部分を消し飛ばしてしまったらしい。

「いや、改めて見ると恐れ入るわ……流石はロゼ姉さんの実の弟よねー」

ほえー。と、セイラも森の中から遠くの景色に目を向けている。

あの時は無我夢中だったからな。正直言うとあまり覚えていないんだよな。

ただ、あのサリアを殺してしまう寸前だったことはうっすらと覚えている。

そして──

チラリと、俺の隣で黙って立っているルエルへと視線を向ける。

「──？　どうしたの？」

ルエルが、止めてくれた。

もしあの時、ルエルが俺を止めてくれなかったらどうなっていたんだろう。あのまま、炎帝でサリアを殴っていたらどうなっていたんだろうか。

冒険者に実害を与えた訓練生には、どんな罰が下されるんだろう。

今となっては分からないが――

視線を少し下に向ける。

ルエルの両手には、痛々しい火傷の跡があった。

◇◇◇

森を消し飛ばしてしまったのはしょうがない。

消えてしまった物はもう戻らないんだから、考えることを止めた。

寧ろ、この薄暗かった森に多少の日の光を呼び込める穴が出来た。そう思うことにした。

そして、俺達は玉藻前の所へと集まってきた。

「本当に感謝する、人間達よ。これで、我の命は繋がった」

と、優雅な所作で頭を下げる玉藻前。

チラリと見える肌が妙に色っぽくもあるが、所々にある傷が痛々しい。

とは言え相変わらず一番酷いのは、鳳凰の聖火による傷だ。

「ごめんね。私の持つ霊薬《エリクサー》や治癒魔法は、魔物にとっては毒になるから、私達にはその傷を治してあげられないの」

「問題ない。命さえあればこの程度の傷は自然と治る。聖火の傷も、もうしばらくここで月光に肌を晒せば治ろう」

と、玉藻前は笑っている。

そうか、玉藻前の傷は流石の姉でも治せないのか。

姉ならもしかして聖火の傷も治してくれるんじゃないかと思ったりもしたが、そう都合良くはいかないな。

けど、良かったんだろうか？

〝絶〟級冒険者とは、組合から絶大の信頼を寄せられていると聞いた。

その姉が、玉藻前の討伐を禁止した。組合でさえそれをしなかったと言うのに。

――このことが、何か姉にとっても不都合なことを招く結果に繋がったりするんじゃないだろうか。

俺にはそんな不安があった。

――しかし。

「大丈夫だよシファくん」

どうやら顔に出ていたらしい。

「私達、鳳凰を討伐したって言ったでしょ？」

確かに言っていたな。

そして聖焔刀という、鳳凰の力を宿した武器も持っていた。

「本来なら、鳳凰の討伐にはもっと時間が掛かる筈だったんだよねー」

と、姉はニコリと笑いながら、玉藻前へと視線を向ける。

「どうやら、私達と戦った時の鳳凰は、相当疲れていて休んでいた最中だったみたいなんだ。それって——玉藻前ちゃんとの戦闘で、かなり消耗していたんだと思うよ？」

確か、玉藻前も鳳凰と戦ったと言っていたな。

一歩及ばなかったと。少し強がりも入っていると思っていたが……。

危険指定レベル18とは伊達《だて》じゃないようだ。

「そのことも組合には報告するし、玉藻前ちゃんが自分から人間を襲わないことも分かったしね。問題なしだよ」

なるほど。

つまり、鳳凰の討伐に玉藻前も一枚嚙んだということにする訳か。

組合と冒険者のルールみたいな物はよく分からんが、それは姉の行動の正当性を証明する材料になりそうだな。

「そんな訳だから、もう冒険者が玉藻前ちゃんを討伐にくる心配はないよ」

「だってよ。良かったな！　玉藻前」

「う……うむ」

なんだ、あまり嬉しそうに見えないが気のせいか？

疲れてるんだろうか？

まぁ確かに、俺達がここに来た時には既に、かなり冒険者達に攻撃されていたようだしな。

玉藻前としても、早く休みたいのかも知れないな。

――なら、帰るか。

「じゃぁ、俺達は帰るか」

「――え？」

ビクリと、玉藻前が驚いたように反応している。

「そだね。私も他に行く所あるし」

「――なんと！」

姉も姉で忙しいらしい。

にしても玉藻前はどうしてそんなに焦ってるんだ？

「そうね。シファは教官に怒られないといけないもんね」

「………………」

忘れてたわ。

教官に無理を通して訓練所を飛び出して来たんだった。

思い出した途端に気が重くなる。

凄く、怒られるんだろうな。

が、それも仕方ない。一時とは言え、俺は教官に剣を向けたんだから。教官の説教を甘んじて受け入れるよ、俺は。

「じゃ、俺達帰るから。玉藻前は今度こそゆっくり体を休めろよ？」

軽く手を振って、俺達は歩きだす。が――

「――あ、あの！　待って！　……ほしいのだが」

と、玉藻前が声を張って俺達を引き止める。

なんだ？

見ると、玉藻前の顔がかなり赤い。

視線は泳いでいるし、とてもあの偉そうな話し方をする奴とは思えない。

後ろの九つの尻尾も、なんだかソワソワしたような動きだ。

そんな玉藻前を見て姉は、小さくため息を吐いている。

ルエルは……目を細めて怪しむような目を。

セイラは……やたらニヤついているな。

「そ、その……シファ、と言ったか？　お主」

どうやら、俺に話があるらしい。

「ああ。そうだけど」

「えっと……今日は、本当に感謝しておる。あの……護ってくれて……ありがとう、なのじゃが
……その」

「どういたしまして？」

なんだ？　歯切れの悪い喋り方だな。

とにかく玉藻前の感謝の気持ちは痛い程伝わってくるが、他にも何か言いたいことがありそうだ。

黙って続きを待つことにした。

「その……格好良かったのじゃ！　我は、シファの護り神になることにする！　そ、それだけじゃっ！　さらばっ」

——ドロン。と、それだけ言ってから、玉藻前は青い炎と共に跡形もなく姿を消した。

「え？」

なに？　今の。

まさか——告白？

告白された？　玉藻前に？

どうなの？　それ。

理解が追い付かないまま、姉を見た。

姉なら、今の状況の説明をしてくれる筈だと思ったからだ。

しかし——

「あーあ。やっぱり、討伐しておいた方が良かったかなぁ」

駄目だ。

ルエルを見る。

「リーネさんだけでも厄介なのに。とんだ泥棒狐ね」

駄目だ。
最後の望みをかけて、リーネの姉のセイラを見た。
「おお。見事な妖術。完全に姿を消したみたい。流石っ！」
だ、駄目だ。
きょ、教官なら。
教官なら、的確な説明をしてくれる筈。
早く帰ろう……。

#13　姉との距離、ルエルとの距離

玉藻前は唐突に姿を消した。

しかし、我が姉とリーネの《セィラ》姉が言うには、本当に『姿を消した』だけらしい。

姿は見えずとも、近くには存在しているようだ。

照れ隠し——みたいな物なのだろう。

玉藻前の言っていた『俺の護り神』の意味は分からないが、別れの挨拶も済んだことだし、俺達は今度こそ帰ることにした。

背を向けて、歩き出すと——

『本当にありがとう』

と、初めてこの森にやって来た時と同じく、透き通るような玉藻前の声が耳元で囁かれるように聞こえた。

どうやら皆にも聞こえたらしく、俺達は揃って顔を見合わせる。

うん。感謝されるのは素直に嬉しい。

自然と頬は緩み、俺達はそのままカルディア高森林を後にした。

◇◇◇

森から街道に出て少し歩くと、王都《北》方面へ向かう街道と、カルディアへと続く街道の岐路がある。

ここを北に進めばナントカって街がある。——相変わらず名前は思い出せない。

その街を越えて更に進むと王都らしい。

姉とセイラは王都に向かうようだ。

「じゃあシファくん。私達はこのまま王都に向かうから」

まさか本当に俺の顔を見るためだけに、ここまでやって来たとは思わなかったな。

しかし、また姉とは離ればなれか……。

そう思うと、やっぱり少し寂しいんだよな。

「え、ちょっ、シファくんもしかして……さ、寂しかったりするの?」

「べ、別に」

と言ってみたりするが、我が姉にはそんな俺の強がりはお見通しだ。

表情でバレてしまうらしい。

「はうっ！　やっぱり私もカルディアまで行くよ！　セイラちゃんっ、悪いけどそんな訳だから、シェイミにはそう伝えといてくれるっ!?」

「んな訳にいくかぁっ！　何馬鹿なこと言ってるんですかっ！　姉さん仮にも〝絶〟級冒険者でし

よっ？　いい加減弟離れしてくださいよ」

「いやだってシファくんが――」

と、俺達の目の前で些細な言い合いが始まる。

姉の冒険者としての顔。

こうして、姉が他の誰かと仲良さげに話している姿は新鮮だった。

これが――俺の姉だ。

ここまで俺を育ててくれて、冒険者になるために必要な知識と力を与えてくれた。冒険者訓練所という場所も。

姉に、何から何まで与えられた俺は――その恩をどうやって返せばいいのだろうか。

今の俺に答えは出ないが、せめて、姉と並んで戦える程の力を付ければ……その答えも出てくるのかも知れないな。

――小さい時から憧れていた姉は、今となっては更に憧れる存在になってしまった。

〝絶〟級冒険者の姉に対して、俺はまだ冒険者ですらない。

――ってかこの二人仲良いな。

「じゃあシファくん、私に会えないからって泣いちゃ駄目だよ？」

それは流石に無いけど。

どうやら本当に行ってしまうようだ。

短い時間だったが、こうして姉の顔を見られただけでも玉藻前を助けに来た甲斐があったもんだ。

「ロゼ姉、今日は助かったよ。セイラさんも、本当にありがとうございました」

「あはは、セイラで良いよ。訓練所生活頑張ってね？　妹のリーネもいると思うけど、仲良くしてやってよ」

「…………」

「…………」

なかなかに反応に困ることを言ってくれる。

こういう時は、無言の笑顔を向けておくに限る。

俺とルエルは、ニコリと微笑んだ。

「じゃぁルエルちゃんも、今日はゆっくり話すことも出来なかったけど、またね」

そう言えば、我が姉とルエルの姉も面識があるんだったか？

って、許嫁の件！　訊かないと！

すっかり忘れてた。

と思っていたところに――

「ロゼさん、私の姉――クレア姉さんにも、もし会えばよろしく伝えといて下さい」

「りょーかーい。って言っても、クレアちゃんを呼びつける権利は私にも無いからね。いつ会えるかは分からないよ」

え？　それってつまり……。

え？　そういうこと？　ルエルの姉も？　〝絶〟級ってこと？

いや、そうとも限らないか。冒険者じゃないって可能性もあるからな。

なんて考えている内に、姉達は本当に行ってしまうらしい。

ここで引き止めるのもアレだし、許嫁の件はまた今度聞かせてもらうことにしよう。

俺達は手を振りながら、互いに反対側の街道を進んで行った。

◇◇◇

カルディアへと続く街道を、俺はルエルと並んで歩く。

俺よりも一歩下がった位置で、ルエルは俺の速度に合わせて歩いている。

ちなみに、ルエルの両手の火傷は姉が治してくれた。

これと言って特に会話がある訳ではないが、不思議と気まずい雰囲気ではない。

これまでの訓練所での生活で、俺が最も多くの時間を共にしたのがルエルだ。多分、ルエルにとってもそうだ。

何かあれば、ルエルはいつも俺の所へとやって来てくれる。今回もそうだった。

思えば、俺が初めて訓練所へやって来て、リーネと模擬戦をすることになったあの時もルエルだけは、俺の味方をしてくれたんだよな。

チラリと横を見ると、それに気づいたルエルがニコリと笑う。

「今日はありがとうな。ルエル」

今日は。とは言うが、これまでのことも含めてだ。

「ふふ」と、笑う声が聞こえた。

こうして改めて礼を言うと、結構照れる。

出来るだけ顔を見せないように歩くことにした。

もうそろそろカルディアに着くだろうか？　なんて考えていた時だ――

「シファは訓練所を出たら、どうするの？」

と、ルエルが問いかける。

訓練所を出たら、か。

それはつまり、無事に訓練所を出所できた時の話だろう。

となれば、冒険者になる訳だが。どうやらルエルはその後のことを言っているらしい。

「冒険者には『固定パーティー』という物が存在するのを知ってる？」

勿論知っている。

というより、教練で習っただろ。

冒険者に存在する基本的な編成状況のひとつだ。

『単独《ソロ》』『固定パーティー』『臨時パーティー』そして『指名パーティー』だ。

今回のサリア達はおそらく『臨時パーティー』。単独もしくは固定パーティーを臨時で集めた物だろう。

そして『指名パーティー』を使えるのは〝絶〟級冒険者のみ。

固定パーティーだろうが単独だろうが、個人を指名してパーティーの編成を行える絶級特権による物だ。

うん。しっかり覚えてるな。

「今日のお返しは、冒険者になったら私と固定パーティーを組むことで返してもらおうかしらね」

と、いつの間にかピッタリ横に並んだルエルが俺の顔を覗き込んでくる。

やれやれだわ。

これまでのルエルの行動から考えると、コイツは勝手についてくる。ごく自然な形で、いつの間にか俺とセット品みたいになってるに違いない。

そんな俺の態度で察したのか、ルエルは満面の笑みで俺を追い越して行った。

見てみると、いつの間にかカルディアの街は目の前にあった。

ゆっくり歩いたつもりだったが、あっという間だった。

そして――夕焼けに照らされたルエルの髪を見ながら思う。

――どうやら、夕飯の時間には間に合いそうだ。

＃14　《戦乙女の単独任務》

シファとの別れを惜しみながら、ローゼ達は北へ続く街道を歩く。

夕日に照らされる中しばらく進むと、街道から外れた木の影で休む――二体の竜種の姿がある。

ローゼ達がそこへ近付くと、二人の気配に気付いた竜種はパチリと瞼を上げてから、ノソリと体を起こす。

しかし、そこに敵意は無い。

冒険者組合によって管理、調教された飛竜。

大きさは、大人の人間を一人背に乗せられる程度。

いくつかの条件はあるものの、長距離移動を行う冒険者へと貸し出されるものだ。この飛竜に乗って、ローゼ達はここまでやって来ていた。

飛竜を使用すれば、都市間の移動は容易い。

王都へも、夜明け前には着くことができるだろう。

その飛竜に触れて、セイラはため息混じりに口を開く。

「ロゼ姉さん。やっぱりやめた方がいいんじゃ……。このまま、本当に王都まで戻りましょうよ」

さっきまでの明るい表情とは一変。セイラの顔は不安に支配されていた。

「駄目だよ。セイラちゃんも分かってるでしょ？　もう指名任務は開始されちゃったし、私はこのままカルディア南の山脈の調査に向かうよ」

セイラの心配そうな顔に対して、ローゼの表情はいつもと変わらない。

今回に限って言えば、そんなローゼの表情が逆にセイラを不安にさせる要因のひとつになっていた。

「あの鳳凰の討伐を成功させた矢先に、魔境と化したカルディア南の調査なんて……このっ、糞組合っ！」

圧倒的な実力と実績、そして信頼を有する〝絶〟級冒険者にとって、組合からの指名依頼は断りにくい。勿論、必ずしも断れない訳では無いが、築き上げてきた信頼に影響を与えるのは確実と言える。

そんな――〝絶〟級冒険者の立場を逆手に取って、ローゼへと立て続けに指名依頼を発行した組合に、セイラは苛立っている。

「まぁまぁ、落ち着いて。カルディア南は私とシファくんの家がある場所だし。どっちにしても様子は見に行くつもりだったんだよね」

「だったら、せめて私も連れてって下さいよ！　山脈一帯の魔境化なんて、そんなの……魔神種がいる証拠じゃないですか！　流石のロゼ姉さんだって相手が魔神種じゃ……」

――勝てるか分からない。

という言葉は呑み込んだ。

そんなセイラに、ローゼはただ微笑みを返すだけだ。

「足手まとい……ですか」

鳳凰の討伐には連れていってくれたのに、魔神種の存在が疑われる場所には連れていってもらえない。

その事実は、鳳凰との戦闘で〝上〟級と〝絶〟級という二等級の差以上の実力差を突き付けられたセイラに重くのしかかる。

「と言うより、今回は『討伐』じゃなくて『調査』だからね。一人の方がやりやすいんだよ」

というローゼの言葉は嘘ではないが、セイラを気遣っての物だった。

調査と言えども、戦闘が避けられない局面はある。その相手が魔神種の場合、セイラを護る余裕は流石のローゼにも無い。

危険指定レベル20後半。それが魔神種だ。

そしてその20後半という数字も、正確に測れているのかは怪しい。

あくまで、最低限そのくらいのレベルは見ておいた方がいい。という物だ。

「……分かりました。それじゃあ私は先に王都に戻ってます。ロゼ姉さんも、決して無理せずにちゃっちゃと終わらせてから……王都に来てください」

「うん。シェイミによろしくね」

「いいですか、絶対に！　無理しちゃ駄目ですからね」

「分かった分かった」

苦笑いを浮かべるローゼに、セイラは心配そうな目を向けつつ飛竜に跨がる。

ローゼとパーティーを組んだことのある冒険者は、ローゼの強さを知っている。と言っても、見せられた『その強さ』が彼女の実力の全てかどうかは分からない。

〝絶〟級冒険者最強と言われる彼女の実力も、魔神種同様に未知だ。

現状、冒険者の力を表す等級に〝絶〟級の更に上が存在しない以上は、ローゼを『〝絶〟級最強の実力』と表現することしか出来ない。

そんな――正しく最強の冒険者であるローゼを、自分程度が心配するのもおかしな話だ。と、無理矢理に自分の気持ちを抑え込み、セイラは飛竜の首をポンッと叩く。

すると、飛竜はセイラを背に乗せたまま、暗くなりつつある空へと舞い上がっていった。

◇◇◇

その場に残されたもう一体の飛竜に、ローゼは跨がった。

(さっさと済ませて、王都へ向かおう)

そうすれば、大好きな弟であるシファに嘘をついたことにはならないだろう。

ここまで来たのも、本当にシファの顔を見たかったというのが本当の理由だ。

カルディア南の調査は、そのついででしかない。と言うより、シファに会うついでに寄るつもりだった。

（カルディア南の山脈に魔神種が住み着いた。か）

おそらく。いや、間違いなく魔神種がいる。と、ローゼは確信を持っている。

そして誰がその南の山脈に住み着いてしまったのかも、大方予想がついている。

（そもそも、あそこには私とシファ君の家しかないしね）

危険指定種も多く存在する南山脈地帯。

住み着ける場所と言えば、自分達の家くらいだ。じゃあ誰がその家に住み着いたのか？

ローゼには、一人の魔神種しか思い当たらなかった。

「じゃ、よろしくね」

ポンッと飛竜の首を叩き、空へと上がる。

夜のカルディアの景色を眺めながら、ローゼは南へと向かって行った。

◇◇◇

カルディア南門から暫く歩いた場所に位置する――山道入り口。

そこから少し離れた場所に飛竜を休ませ、ローゼは山道入り口へと向かう。

家とカルディアを行き交う時には必ず通る、よく見慣れた道だが、今はその入り口に組合員が立っている。

その組合員に依頼書を見せてから山道へと足を踏み入れる途中、ローゼは組合員に声をかける。

「これより夜明けまでの間、この場所への立ち入りは〝超〟級冒険者であっても禁止します」

念のため。

もし、この先にいる魔神種がローゼの思った通りの者だったとしても、興味本位でやって来た冒険者に下手に攻撃でもされれば、冒険者を護り切れる自信がない。

そういった理由もあって、セイラの同行も認めなかった。

最近、絶級特権を使用し過ぎてるなぁ。と思いつつも、ローゼは山道を進む。

魔境と化した場所に住む魔物は狂暴化することが殆どだが、この場所の魔物達は——萎縮していた。

暗闇の中でローゼを見つけても、魔物達が襲ってくる気配はない。

寧ろ、精一杯自分達の存在感を消そうと努力している。そんな様子だった。

——まるで、誰かに見つかるのを恐れているかのように。

そんな異常な雰囲気の中で山道を進むと見えて来たのは、長年シファと共に暮らしていた——決して立派な物ではないが、ましてやオンボロという訳ではない、我が家だ。

しかし、その我が家から漂うのは圧倒的なまでの魔力。

——間違いなくいる。

ローゼは、そう確信した。

扉に手をかけ、押し開く。

ギイ――と開かれた扉から、中の様子を窺う。

昔、シファが冒険者になるための勉強をしていた机に、腰かける誰か。

目を凝らして見てみると。

――ズズズ。と、飲み物をすする音が聞こえた。

僅かに差す月明かりに照らされたソコには――

――黒い豪華なドレスで着飾った美女が座り、小さなカップに注がれた飲み物を堪能していた。

はぁ。と、ローゼはため息を吐いてから、

「もうっ！　やっぱりルシエラちゃんだ！　来るなら来るって言ってよぉ！」

「――？　あらロゼ。遅かったじゃない」

友人との再会を喜んだ。

やれやれ。と言った具合にローゼは苦笑いを浮かべながら、女性の対面の椅子に腰かける。

（ここ、私の家なんだけどなぁ）

まるで我が物顔で、ローゼの目の前に座る女性はカップを口に運び、優雅な一時を過ごしている。

魔境と化してしまった山奥の一軒家で、その様子はあまりにも場違いに見えた。

ただソコに存在するだけで山脈一帯を魔境へと変貌させてしまう彼女は――危険指定レベル28。

魔神種、吸血姫《ルシエラ》。

緩やかなウェーブのかかる白く長い髪が月明かりに照らされ、彼女の真っ赤な瞳は、この暗い部屋の中で妖しい輝きを放っている。

「ルシエラちゃん。来るのは良いんだけどさ、もっと魔力抑えてくれないと。魔境になっちゃってるから、ここ」

「あら？　これでもかなり抑えている方よ？」

「駄目駄目。もう私達人間はここに魔神種《ルシエラちゃん》がいることに気付いてるよ？　このままだと、ルシエラちゃんを討伐するための大規模編成《レイドパーティー》がやって来ることになるかもよ？」

「別に構わないわ」

「私も、その中に加えられるかも」

そうローゼが付け足すと、ルシエラはニコリと笑うが。

「それは楽しそうだけど。……はぁ、しょうがないわね」

と、ローゼの頼みに渋々と言った様子を見せてから、ルシエラは手に持っていたカップを机に置いて、唇を尖らせた。

「はぁ……面倒ね」

と呟いたかと思うと「ムムム」と顔を強張らせ、瞼を閉じて力を込める。

まるで強烈に苦いものを一気に口に放り込んでしまったかのような表情だが、こう見えて実は、必死に自らの魔力を抑え込もうとしている。

すると次第にローゼの家の雰囲気は落ち着いていく。

ルシエラがただ存在することで、異常なまでに物々しい雰囲気に包まれていた家。そして山、果ては山脈一帯の空気は、以前の姿を取り戻していった。

カルディア南の山脈一帯の魔境化が収まった。

「ふぅ……結構神経使うのよ？　これ」

「それで？　いったいどうしたの？　急に私の家に来てさ」

元の雰囲気を取り戻した我が家を見回しつつローゼが訊ねると、ルシエラは——そうだった！

と言わんばかりに顔を綻ばせた。

「そうよロゼ！　私、ちょっと楽しそうなことを思いついたのよ！　それをあなたに聞いてもらおうと思ってわざわざ来たのよ」

（うわぁ……楽しそうな顔）

吸血姫《ルシエラ》は、いつも暇を持て余している。

彼女にとっての楽しみは、美味しい飲み物を堪能するか、たった一人の友人であるローゼとお喋りすること。

本当なら、こうしていつもローゼとお喋りしに来たい程だが、多少気を張っていなければ周囲を魔境化させてしまうために、それはローゼに止められていた。

そんな彼女が、ここまでやって来てローゼに伝えたい——楽しそうなこと。

——悪い予感しかしない。

世界を滅ぼす、なんてことは流石に言わないだろうが、魔神種であるルシエラには大人しくしていてもらいたい。

魔神種——吸血姫《ルシエラ》の討伐なんて指名依頼が発行されかねない。

勝てる見込みも無いし、そもそも友人《ルシエラ》とは戦いたくない。

そんな指名依頼は断るしかないな。と、ローゼは静かに考えていた――

のだが、ルシエラの口から発せられた言葉は――

「私、冒険者というものになってみようと思うのよ」

――ローゼの予感は的中した。

「い、いやー、流石にそれは無理があると思うよ？　だってルシエラちゃん、そもそも人間じゃないし、吸血鬼だよね？」

「あら？　人間でなければ冒険者になってはいけないなんて決まりが、存在するのかしら？」

「………………」

そんな物は無い。

「そもそも、私は人間と見た目は変わらないのよ？　この尖った耳と、牙さえ隠しておけば人間で通ると思うわ」

「で、でもルシエラちゃん？　ルシエラちゃんはほら、魔境化させちゃうでしょ？　人間のふりしても、行く場所全部魔境化させちゃ……駄目だと思うなぁ、私は」

頬に汗が伝う感触の中、ローゼは頭をフル回転させる。なんとかして、このルシエラが冒険者になることを阻止するために。

この時期《タイミング》で冒険者になれば、時期的に考えて、カルディアでシファと出会う可能性が非常に高い。

訓練所を出所すれば〝初〟級冒険者のシファ。そして同じく〝初〟級冒険者のルシエラ。

下手したら臨時パーティーを組むことになる可能性も考えられる。

(そ、そんなのシファ君があぶないよっ!)

思い付く限りの理由をルシエラに話すが――

「大丈夫よロゼ。魔力を抑えるのも最初こそ面倒だけど、やってしまえば意外とイケるから」

流石は魔神種。魔力操作もお手の物だ。

――打つ手なしか。

そう思ったロゼだが、ハッとした。

(そ、そうだよ。ルシエラちゃんは吸血鬼のお姫様だもん)

「やっぱり駄目だよルシエラちゃん。ルシエラちゃん、日の光が嫌いでしょ? お肌に良くないんだよね? せっかくのその美肌が焼けちゃうよ?」

自信があった。

ルシエラは太陽の光を極度に嫌う。

基本的に夜しか行動しないのだ。

そんな彼女に、日中の行動を主とする冒険者が務まるのか? 否でしょ!?

――そう、ローゼは思った。

が、

「うふふ」と、ルシエラがどこからともなく取り出した物。

「な、なに? それ」

「日傘よ」

真っ黒な傘。

「極黒石《きょくごくせき》に、ほんのちょっと私の血を混ぜて作った日傘。

「これなら、日の光を完全に遮ることができるの」

「………………」

そこまでして冒険者になりたいのか。と思う一方で魔境化も抑え込めるのなら、自分《ローゼ》に逢いにくるのを止めなければ良かったかなと、今更ながらに後悔してしまう。

そして、自分《ローゼ》をたった一人の友人と思ってくれている目の前のルシエラの可愛い笑顔を見ていると、これ以上何かを言う気にもなれなかった。

「どう思う？　ロゼ」

というルシエラの問いかけにローゼは、

「い、いいんじゃないかな？」

と、答えることにした。

#15　これからの教練

玉藻前の一件が無事に終わった。

なかなかに激しい一日となったあの日、疲れて帰って来た俺を——意外にもユリナ教官は優しく迎えてくれた。

訓練所を飛び出そうとする俺を止めた教官に、俺は剣を向けるという最低の行為までしてしまったというのに——「夕飯には間に合ったのだから、許してあげるわ」と、ユリナ教官は優しい笑顔を向けてくれた。

教練などでやむを得ない場合を除き、朝と晩の食事だけは必ずユリナ教官と食べている。

これからもソレだけは、欠かさないでいようと思った。

そして三日が経った今日も、俺はいつものように教官の私室で朝食を済ませ、これまた教官がいれてくれた珈琲を楽しんでいる最中なのだが——

「え？　南の魔境化が収まった？」

「そうよ。貴方が玉藻前を助けた日の深夜らしいわ」

教官から聞かされた話に少し驚いた。

ちょっと残念。

実は少しだけ魔神種というやつに興味があった。それに、その魔神種とやらを原因とする魔境にも。

おそらく、俺が姉との特訓で訪れたソレっぽい所とはまた違った雰囲気なんだと思う。

姉に時間があれば、連れていってもらおうと思ってたんだが、そうか、収まってしまったか。

まぁでも、これで自分の家の心配をする必要は無くなった訳だ。

ちなみに、どうして魔境化が収まったかは教官にも分からないらしい。

可能性として挙げるなら、魔神種が姿を消したか、魔神種自ら魔境化を抑え込んだ。このふたつだと言う。

そもそもの原因が他にある可能性も無くは無い、とも。

魔神種……どんなやつなんだろうな。

物凄く気色の悪い怪物だったら嫌だな。

なんて考えていると、珈琲を全て飲み終えてしまった。

そろそろ教室に向かう時間だ。

「今日もご馳走さま教官。じゃ、先に教室行ってるから」

と立ち上がる俺に、教官は微笑みで応える。

そして――

「シファ、訓練所生活には慣れた？」

珍しいことを訊いてきた。

もうかなり長い時間をここで過ごしている。

勿論慣れた。そして楽しい。

そう答えると。

「そ。行ってらっしゃい」

そう送り出された。

珍しいこともあるもんだ。

若干首を傾げつつ、俺は先に教室へと向かった。

◇◇◇

時間丁度に、教官は教室へとやってくる。

もう皆分かっている。

教官の手に握られた一枚の用紙。

教官が、その手に用紙を持ってこうして教室へとやって来た時は——組合からの依頼を受けてきた時だ。

つまり、あの用紙は依頼書だ。

果たして——今度は討伐か、調査か。はたまた別の何かか。

俺達は、黙って教官の言葉を待つ。

すると。

「全員、私についてきなさい」

と、それだけ口にしてから教室を出て行ってしまった。

これには、流石に全員が唖然とした表情になったんじゃないだろうか。

おそらく、俺達向け《訓練生》の依頼を組合から持ってきたのは確かだと思うが、何の説明も無いとは。

などと驚いている間に、教官はスタスタと廊下を歩いて行く。

俺達も慌てて席を立ち、教官の後を追うことにした。

◇◇◇

冒険者訓練所を出て、西大通りを進む。

俺達は黙って教官の後を追う。

誰も余計なことは話さない。きっとこの後に、ちゃんと教官から説明がある筈だからだ。

そして、西大通りを進むと見えてきたのは——冒険者組合だ。

なるほど、冒険者組合に用があるのか。と思ったが、教官はその冒険者組合には目もくれずに歩き続けた。

冒険者組合を素通りしたのだ。

ならば、教官はどこに向かっているのか。

そう思いながら暫く進み、ようやく教官が足を止めたのは――カルディア大広場だった。

その大広場の一角に、俺達は集められた。

――いったい何のために？　と皆が思っただろうが、この大広場の今の状況が、そんな疑問よりも更に皆を混乱させる。

大広場は、多くの人で埋め尽くされていた。

カルディアの都市中央の、各大通りを繋ぐ大広場だ。もともと人の出入りは激しいが、今は行き交う人ではなく――多くの冒険者が、この大広場に集まっているらしい。

俺達の集まった所とは反対側の一角に設けられた舞台に、この場所に集まった皆が意識を向けているのが分かるが、ソコにはまだ誰の姿もない。

チラリと、教官の顔を窺うが、どうやらまだ説明する気はないようだ。

この大広場に集まっている冒険者達と俺達。

今日の教練に何の関係があるのか。

ただひとつ言えるのは、ただ事ではない。ということだ。

いったい何が始まるのか。

ソレはおそらく――今、向こうの舞台に姿を現した人物が説明してくれるらしい。

『あ、あー。妾は冒険者組合カルディア支部、支部長のコノエ・グランデールである。冒険者共よ、よく集まってくれた』

反響するような声。

魔法の類いだろうか、最も距離の離れた俺達にも、その声はハッキリと聞こえた。

大広場の喧騒が止み、皆が一層の意識を舞台に集中させたのが分かる。

支部長の銀髪幼女、コノエ様だなありゃ。

出来れば関わりたくないと思っていた人物だ。

『今日、お主らにここに集まってもらった説明をする前に、言っておくことがある』

と、支部長コノエはひと呼吸挟み——

『喜べ、イナリを占有しておった危険指定レベル20、鳳凰は先日——討伐された』

そう高らかに宣言した。

するとどこからともなく「おぉっ」「討伐!?　撃退じゃなくてか?」と、感動したような、信じられないような、そんな声が聞こえてくる。

『撃退ではない。討伐じゃ。〝絶〟級冒険者ローゼの指名パーティーにより、見事に鳳凰の討伐は成った』

姉の名が出たことで、どうやら冒険者達は納得したらしい。

ざわつく冒険者達を手で制し、支部長コノエは話を続ける。

『しかし、カルディア周辺に姿を現した危険指定種共は、一向に姿を消す気配はない——そこで』

支部長コノエの口角がつり上げる。

幼女などとは呼べそうにない、悪い顔が大広場を見回した。

おいおい、まさかな。

いや、どうやらそういうことだ。

『冒険者組合カルディア支部は、この場の全冒険者共に……カルディア周辺に出現している危険指定種共の掃討を依頼する！』

そして。

『これは強制じゃ』

と、付け加えられた。

これに俺達も参加しろと言うことか？

いや、この場に連れて来られた時点で、答えは出ているな。

今日？　いや、これから？　これは今日の教練と言うべきか、これからの教練と言うべきか……

とにかく、今から始まる俺達の教練は、今聞いた通りらしい。

『この依頼についての詳しい説明は、今回のこの掃討作戦の指揮を任せることにした――〝超〟級冒険者のセイラ・フォレスにしてもらう』

そう言って、支部長コノエは舞台から降りた。

大広場は、様々な要因で更に騒がしくなっていった。

書き下ろしエピソード「最愛の弟が冒険者になるって言ってきた！」

「ロゼ姉っ!!　俺も冒険者になりたい！」

ある日、私の愛する弟が意を決したような表情で……そんなとんでもないことを言ってきた。

「え、えぇ!?」

当然私は戸惑った。というより耳を疑った。いや、信じたくなかった、というのが正しいのかも。

「え、えっと……その……え、えぇぇ!?　ほ、本気？」

——何かの冗談であって欲しい。

そんな僅かな希望を抱きながら、恐る恐ると訊ねてみるけど、弟のこの眼差しは……本気の目だ。

私の大好きな目。いや、弟の全てが大好きなのだから……その言い方は少しおかしいかも。

大好きな弟の、本気の目だ。

——決意は固いのだろう。

ど、どうしよう。

まさか、弟が冒険者になりたかったなんて……。

……むむむ。

そ、そう言えば街《カルディア》へ連れて行った時、弟はいつも街の人間を視線で追いかけてたなぁ、今思い返してみればアレは冒険者に向けていた物だったのかも。

単に、人の多い街《カルディア》の、色んな人に興味を持っていただけだと思ってた。

失敗したなぁ、色んな表情を見せてくれる弟のその顔ばかり見てたから、そんなことまで意識してなかったよ……。

弟のことは何でも分かっているつもりだったのに、これじゃあお姉ちゃん失格かも。

弟が冒険者に……か。

ほ、本当にどうしよう。

正直、弟が私と同じ冒険者を志してくれるのは踊りたくなるくらいに嬉しいんだけど……。

冒険者は誰でもなれる代わりに、命の安全の保証がされていないんだよね。

未成年でも冒険者になることは可能で、完全に実力主義でもあり人気の高い職業でもある。そんな入り口の広い冒険者だけど——誰でも簡単になることが出来る反面、成り上がるのが難しいんだよね。

規則や上下関係、昇格試験など……冒険者になってから、困難な物が待ち受けてる。

勿論、嫌になれば辞めてしまえばいいんだけど、弟にはそんな思いをさせたくない。

その冒険者を、私の最愛の弟が目指すと言っている。

弟にはもっと安全な職業を目指して欲しいのが本音。っと言うか、私が死ぬまで面倒を見てあげても良いのに……。

でもでも、せっかく弟が見つけたやりたいこと。

――叶えてあげたい。

私は、ゴクリと生唾を飲み込んでから、意を決して口を開いた。

「わ、分かったよシファくん。でも冒険者になりたいなら、私の言うことを出来るようにならないと駄目だよ？」

「出来るように？」

「そ。冒険者になっても困ることのないように、しっかりと実力をつけてからじゃないとね」

「おぉ！　特訓か!?　やっぱ冒険者って凄いんだな！」

「え？　そ、そうだよ！　冒険者って凄いんだよ！　冒険者は狂暴な魔獣や魔物も簡単に倒しちゃうんだから」

「おおっ！」

――ご、ごめーんシファくん！　でも嘘はついてないから！

弟が冒険者になることを決めた以上、私は全力で応援してあげる。

でも、冒険者になった後……弟が危険な目に遭った時、万が一にも取り返しのつかないことが起こらないように――

――私なりに、出来る限りのことをしてあげなきゃ！

◇◇◇

「ほっ！　せいっ！　――おりゃっ！　はっ！」

弟が『冒険者になりたい』と言ったあの日から、早速私達は特訓を開始した。

とは言うものの、私は現役の冒険者。これまでの貯えはそれなりにあるけど、私の身に何かあった時に弟が困らないように……お金は稼げる時に稼いでおかなければならない。

なので、たまに依頼任務をこなしに私は街へと出かけることがある。

その間は、こうして弟が一人で剣術の特訓をしているのだ。

「ただいまシファくん。剣の扱いにはもう慣れた？」

「――っ？　ああ！　おかえりロゼ姉！」

ようやく私に気が付いた弟が、肩で息をしながら振り向いて応えてくれる。

凄い汗……。私がいない間、ずっと剣を振り続けてたんだろうな。

「見てくれよロゼ姉！　もう自由自在に剣を操れるようになったんだ」

汗を額に滲ませてはいるけど、全然疲れているような素振りを見せない。それどころか――

「――はっ！　せいっ！　とうっ！」

俊敏に体を動かし、巧みな操作で剣を振り回す。

時に持ち手を変え、左手に。全身のバネを利用して、本当に自由自在に操って見せる。

『お手本に』と言って、私が少し見せた動きを模倣しているようだけど……。

「へ、へー。だけど、それぐらい冒険者なら誰でもやるよ？」

「げぇっ、マジか……やっぱ冒険者ってすげぇ」

最愛の弟が大きく肩を落とした。

べ、別に嘘は言ってない。私はそれぐらい普通にやるし、上級冒険者だって、それぐらい普通にこなす筈だし？

ま、まぁ正直に言うと、もうそこまで剣を操れるようになったのかと驚いたよ。

剣の扱いだけなら、もう既に中級冒険者にも匹敵しそう。

けど、まだ駄目。

今の弟《シファくん》は、ただ単に……剣を自分の体の一部のように扱えるようになっただけだ。勿論、それも必要な技能《スキル》だけど、安心して弟を送りだすには魔力の扱い方……そして、剣以外の武器も扱えるようになってもらわないとね。

「じゃあシファくん、まだまだやる気あるみたいだし、ちょっと場所変えようか」

まずは剣の扱い方と、武器に魔力を通わせる技能《スキル》を完全に会得してもらおう。

ただ剣を自在に操れるだけじゃ、不安だしね。

◇◇◇

私達が住んでいる山脈には、魔物や魔獣が多く生息している。危険指定種と呼ばれるものも中には存在するけど、家の近くは比較的安全な方。

今回は、弟の特訓のためにその山脈の奥へと足を踏み入れることにした。

山脈の奥の、山道を上がっていく。

街《カルディア》の南側の山脈地帯。私達の家があった場所から、更に奥へ、そして上へと。

弟は、しっかりと私の後ろをついてくる。

チラリと弟の様子を窺ってみると、普段は足を踏み入れない山奥ということもあってか、目をキラキラさせているのが何となく分かった。

やっぱり男の子なんだよね。

「なぁロゼ姉！　やっぱ山奥には強い魔獣とか出たりするんだよな?」

あ……すっごく楽しそう。

弟の楽しそうな顔を見てると、なんだか私まで楽しくなって来ちゃう。

っと、いけないいけない。

楽しそうなのは結構だけど、少しは緊張感を持ってもらわないとね。

冒険者という職業は危険と隣り合わせなんだから。

「強い魔獣？　勿論出るよ？　山脈の奥、街から離れれば離れるほど強力な魔物や魔獣が住んでるよ。それこそ、シファくんの10倍以上の大きさの魔獣もいるかもね」

「えっ……じ、じゅうばい?」

ちょっと言い過ぎたかな?

いや、うん。大丈夫。それぐらいの大きさの魔獣もちゃんと存在してるし。

心なしか、弟の顔が少しだけ不安気になった。

歩調も速くなり、私との距離を詰めてくる。うんうん。良い感じに怖がってくれた。

もっと脅かせば、ピッタリ私にくっついてくれそうだけど、やり過ぎは良くないよね。

「あはは。シファくん怖がってる？　大丈夫だよ、どんな魔物や魔獣も、私なら簡単に倒せるから！」

「えぇ!?　マジで!?」

「マジマジ」

「冒険者ってすげぇ……」

よしっ！

弟の中での私の好感度とかその他色々が、またひとつ上昇したよね、コレ。

◇◇◇

山道を暫く進んだ。

奥へ上へと進んでいくにつれて、山道は険しくなっていった。

道の傍らに生い茂っていた木々も、すっかりその数を減らしていき、いつの間にかゴツゴツとした岩肌ばかりの山道へと姿を変えている。

まだ山頂と呼べる場所ではないけど、私が目指していた場所はこのあたりだ。

既に道と呼べる道はない。

私は、弟を連れて手頃に拓けた岩場へと足を踏み入れた。手頃と言うが、大小様々な石が転がっていて、足場はあまり良くない。そして目の前には剝き出しになった巨大な岩の壁。

この岩壁を登れば、この山の頂上に到達することが出来るが、山頂には特に用事はない。

そして、巨大な岩壁の傍には、これまた巨大な岩の数々。

中でも一段と巨大な岩を指し示しながら、岸壁に目を奪われている弟に声をかける。

「シファくん。あの大きな岩、剣で綺麗に真っ二つに割ることって、出来ると思う?」

「えぇ!? いや、流石にそれは無理だろ」

あ、『馬鹿じゃねーの?』みたいな顔してる。

他の男にそんな顔されたら腹が立ってしょうがないけど……私の親愛なる弟だと、寧ろ嬉しい。不思議。

「それが出来ちゃうんだよねー」

「えぇ……信じらんねぇよ」

「ふっふっふっふ」

「……マジ?」

たとえ信じられなくても、弟は私の言うことは何だかんだで信じてくれるんだよね。それが凄く嬉しいよ。

「まぁ見てて」

ハラハラしたような表情の弟を横目に、私は一歩二歩と前に出る。この場所で最も大きな岩、そのすぐ傍まで。

岩壁に比べれば小さく感じるけど、私達人間からすれば十分に巨大な岩だ。

この岩を剣で割ることは……正直言って簡単。

少し魔力を剣に纏わせることで、その剣の鋭利さと耐久が格段に上昇する。

本来なら、一瞬で行えるそれらの魔力操作だけど……今回は弟がいる。よく見て理解して、私の技能《スキル》を全て盗んで欲しいし、順を追ってゆっくりと行うことにしよう。

腰を落とし、右手を横に伸ばす。

意識を集中して、私の持つ数多くの長剣の中から、ひとつを選んで想像する。

すると、光り輝く魔法陣が出現し、一本の長剣が伸びてくる。

さも当然のように、その伸び出てきた長剣は私の右手の中に収まった。

——聖剣、デュランダル。

私が好んで愛用している剣だ。愛剣って言うのかな……魔力を纏わせることで、自分の体の一部のように操ることが出来る非常に扱いやすい長剣。

——ふっ、と軽く息を吐きながら腰を落とす。

視線は目の前の巨大な岩。むだに聖剣に魔力を伝えることはしない。武器を真に操るコツは、魔力の操作を極めることにある。

私は、大きく一歩を踏み出し、聖剣を握る右腕を軽く振るう。

足から腰、そして肩を伝わって腕に力が加わることを意識する。振るわれた力が最も大きく剣に乗る瞬間――

――ここだ。

瞬間的に魔力を聖剣に込める。

すると、

――ザァン!! というような心地よい音が空へ響いた気がした。

確かな手応え。うん。完璧なタイミングだね。

目の前の巨岩を斜めに走る一本の線。

ズルリと、その線を境目に岩はふたつに分かたれて、落ちた。

「す、すげぇ……大した力を込めたようにも見えなかったのに……」

「力も勿論それなりには必要だよ? けどね、本当に大切なのは力と魔力の関係だよね。基本的なことだけど、完璧にこなすのは難しいんだよ」

弟が凄く驚いてる。

これまでに何度か、弟の目の前で低レベルの魔獣や魔物を討伐したことはあるけど、この巨岩の方が衝撃的だったみたい。

まぁ実際、コッチの方が難しいことではあるんだけどね。

「ぼ、冒険者は皆こんなことが出来んのか?」

「えっ?」

あ……凄くキラキラした目。

相当冒険者に憧れを抱いてるね、コレ。

「そ、そーだねー。私のよく知る冒険者は、皆出来るんじゃないかなー。ぼ、冒険者ならこれぐらい出来なきゃ駄目だよ」

「す、すげぇ」

お、弟が純粋な目で私を見つめてくる……。

◇◇◇

「せ、聖剣、デュランダル？」

「そ。私が一番よく使ってる長剣だよ。ちょっとその剣でソコの岩を斬ってみてよ。勿論、本当に真っ二つにするつもりで、ちゃんと魔力を込めてね」

実際に弟にやらせてみることにした。

私がさっき斬ったのはこの場所で一番大きな岩だったけど、弟にやらせる岩は比較的小さめだ。

そして弟には、私と同等とまでは言わなくても、せめてその半分程度には聖剣を使いこなせるようになってもらいたい。

扱い易い聖剣《デュランダル》ではあるけど、それは汎用性が高く、どの場面でも使えるという意味が大きい。

しかし、使いこなすにはそれなりの技能《スキル》が必要で、魔力操作の精度も高くなければ駄目。

「魔力の操作は出来るでしょ？　その聖剣に魔力を込めて、岩をぶった斬ってよ」

一応、魔力操作は人並み以上には得意な弟。収納魔法も日常生活レベルで利用することが出来ている。とは言え、いきなり聖剣が扱えるとは思っていない。

慣れてもらうためにも、早々に聖剣に触れさせる必要がある。

いざ冒険者になった弟に……安物の武器なんて使って欲しくないしね。

しかし当の弟は「目の前の岩を斬れ」と言われて、若干気後れ気味な様子だけど……。

やがて弟は、軽い深呼吸をしてから——意を決したように聖剣を握る手に力を込めた。

腰を低くして、聖剣を構える。

弟が一番やりやすいと思っている構え。勿論、それで良い。

魔力の操作も結局は想像力だからね。自分の想像しやすいようにやるのが一番良い。そのことをよく分かってない冒険者が実は多いんだよね。

弟が集中して岩に向かっている様子を、私も更に集中して観察する。

そして——

「——っは！」

勢いよく、腕を振り抜いた。魔力が腕を通じて聖剣に伝わっていくのが分かる……が、少し無駄が多いし、腕を振るう力と上手く噛み合っていない。

聖剣に魔力を込めることには成功しているけど、あれじゃあ——

——ガァンッ！！

という鈍い音。そして――

「痛っ――」

弟のそんな小さな声が聞こえてきた。

聖剣は、岩肌に激突したかと思えば――弟の腕から弾け飛んだ。ガン、ガンと近くの岩場にぶつかりながら何処かへ転がっていったみたい。

「ちょ、シファくんっ!?　大丈夫っ!?」

私は慌てて弟に駆け寄った。

思っていたよりも、弟が痛そうに顔を歪めていたからだ。右手首を庇っているところを見ると、もしかしたら少し痛めてしまったのかも。

「ちょ、ロゼ姉っ、大丈夫！　ちょっとびっくりしただけだって」

「ほ、ほんとに!?」

「うん。少し手首が痺れたけど、全然平気。本当に大丈夫だから」

そう言って弟は笑ってくれた。

良かった……。怪我でもしちゃったのかと思ったよ。

「それより、ロゼ姉……剣が」

「剣？　あぁ、聖剣ね？　大丈夫大丈夫。そこら辺に転がってるでしょ、簡単に壊れる物でもないしね」

私的に弟が平気なら全然おっけー。聖剣なんてどうでも良いよ。シファくんが怪我するくらいなら、聖剣の一本や二本、壊れてもらった方がいいよね。

「ごめんね、少し休憩しよっか」

流石にいきなりは無茶だったかも——とは思わない。

確かに、聖剣は弟の手から弾け飛んだ。

魔力を上手く込めることが出来ず、斬撃の瞬間に十分な魔力が行き渡っていなかったんだとは思うけど……。

飛んでいった聖剣を拾うついでに——チラリと、弟が斬ろうとしていた岩に視線を向けてみる。

斬撃痕が、しっかりと岩に刻まれている。ということは、十分な魔力を込められていなかったにもかかわらず、弟は聖剣を扱えていたということだ。

やがて見つけた聖剣を拾い上げ、外観を確認してみる。

——傷ひとつ付いていていない。

「ふふ」

思わず笑ってしまう。

やっぱり。

やっぱり弟《シファくん》には才能がある。

私と同じ、武器に魔力を纏わせる才能が。

ま、姉弟なんだし……当然と言えば当然だけどね!

未だ聖剣に残りつつある、弟の僅かな魔力を感じて……そう思った。

「それじゃぁシファくん。今日から暫くは、この岩を真っ二つに斬る特訓だよ。剣は……この聖剣《デュランダル》を使うこと。他の剣は禁止ね」

「え……ロゼ姉、でもその剣ちょっと使いにくい気がするんだけど」

「ちょっとだけでしょ？　すぐに慣れるんじゃない？」

「そうかなぁ」

「そうなの！」

私は強引に、聖剣を弟に押し付けたのだった。

◇◇◇

それから私は、弟が冒険者になっても困らないように——誰よりも強くなってもらいたい、そんな一心で弟を強くした。

私の持つ数多くの武具も、弟はそれなりに扱えるようにまでなった。

弟の得手不得手は、本当に私とよく似ている。そんな理由もあってなのか、私は教え易く……また弟もよく理解してくれた。

弟は、危険指定種である翼竜も、一人で討伐出来るようになった。

私が連れていった危険指定区域でも、見事生き抜いて見せた。

弟が危険指定区域の魔物や魔獣を討伐してる間も、私はいつ、どんな時でも、即座に助けに入ることが出来るように……見つからない位置で控えてはいたけど、私の出番はあまり多くはなかった。

とにかく弟は、私の特訓を素直にやり遂げてくれたのだ。

戦闘についての知識も、私の出来る範囲で教えてあげた。

どこで紛れ込んだのか……用意した教材の中に『危険地帯7選』の本が交ざっていたのはドキッとしたけどね。

「それじゃ……行こっか、シファくん」

「あぁ!」

私達は、街から呼びつけた馬車に乗り込んだ。

「それじゃ御者さん、よろしくお願いします」

静かに馬車は動き出す。

山道を通り、街《カルディア》へと向けて。

『ロゼ姉! 俺も冒険者になりたい!』

弟が告白したあの日から、四年が経った。

自分でも分かってる。心配しすぎ、過保護過ぎる、と。

生半可な特訓では満足できなかった。私の知らない所、目の届かない場所でもし何かがあったらと思い、弟を強くしていた結果がコレだ。

少し、弟は強くなりすぎた。

今も、揺れる馬車の中で……弟は期待に胸を膨らませているのだろう。

もう間もなく冒険者になれると、そう思ってるんだろうな……。

けどごめん。

まだ私は、シファくんに教えてあげられていないことがある。

私が教えられなかったことは、これから学んでもらわないとね。

やがて――馬車は目的地に到着したらしく、静かに停止した。

私が先に馬車から降りて、弟もそれに続く。

「こ、これが……」

そう。

「冒険者……え、訓練所？」

そう。

「ロゼ姉、場所間違えてんぞ」

勿論、間違えてなんかない。

弟には、まだまだ学んでもらうべきことが、山ほど存在している。私との特訓だけでは、全てを教えることは出来ない。

それに、友達もつくって欲しいしね。

説得してから、半ば強引に建物の中へと弟の体を押し込む。

「ちょ、ロゼ姉、押すな！」

扉を素早く開き、弟が入ったことを確認したと同時に、素早く閉じる。

と消えた。

背中にそう声をかける。返事が聞こえて来るのを待たずに、弟の背中は閉じられた扉の向こうへ
「頑張って……」

冒険者訓練所の教練は一年間。

冒険者として必要な知識や技能をみっちりと教え込まれる予定になっている。

弟には、少し私から距離を取って教練に集中して欲しい。

……少し、寂しくはあるけどね。

「ふぅ……」

軽く息を吐いてから、クルリと訓練所に背中を向けて歩き出す。

私は私で、やることがある。

──弟は、必ず冒険者になるだろう。これまでの特訓で、弟の実力はよく理解した。

訓練所での生活と、冒険者として活動する内に……弟は更に力をつけ技能《スキル》を向上させる筈。

西大通りを歩きながら、収納から一枚の用紙を取り出して、内容を再び確認する。

『難易度〝超〟級、危険指定レベル11──軍隊竜の殲滅』

本来なら、冒険者パーティーで挑むのが相応しい依頼だけど。

──このくらい、一人でやってやる。

私は〝絶〟級冒険者。

どれだけ弟が強くなろうとも、私は弟を護るために……『人間』という種族の中で、最強であり

続けたい。

そして、弟に尊敬され愛され続ける『ロゼ姉』なんだよね。

この依頼を片付けたら、少し弟の様子でも見に来ようか——なんて考えると、依頼任務も俄然やる気が出てきちゃう。

自然と、私の足取りは軽くなった。

あとがき

どうも初めまして、吉田です。

この度は『姉に言われるがままに特訓をしていたら、とんでもない強さになっていた弟』を手に取り、最後まで読んでいただきありがとうございます。

まず、私の作品が書籍として形にさせてもらえたことに、大きな感謝の気持ちでいっぱいです。それもこれも、ｗｅｂに掲載していたこの作品を応援してくれた皆様と、実際に書籍を購入して下さった皆様、書籍化にあたり……かかわって下さった全ての皆様のおかげです。

実は、書籍化作業を進めている初めのうちは、実際に「本になる」という実感がありませんでした。しかし、本の発売日が決まり、こうして『あとがき』を書いている今「本当に本になるんだな」と、実感している所です。

少し前置きが長くなってしまいましたが……この作品は、大きな『テーマ』として姉や兄、妹や弟との物語性、そして姉同士の物語性などを描けたらなと考えています。既に本編に登場している『姉』達に続き、今後も様々な姉や兄達が登場する予定となっていますので、もし良ければ、そういった所にも注目してもらえればと思います。思わぬ所に思わぬ人物の姉や兄が存在しているかも知れません。

そして、現在は訓練生として過ごす主人公達ですが、勿論彼等は成長していきます。実力もそうですが、年齢も精神も……少しずつ成長していく彼等の姿を描いていくつもりです。主人公が成長していく中での出会いや別れ……そして再会といった風に、様々なドラマを用意しておりますので、是非これからもこの作品にお付き合いお願いします。

コミカライズの企画も進行しております！　もし良ければ、そちらも手に取ってみて下さいね。と、しっかりと宣伝も入れておきます。後はそうですね、この作品はｗｅｂでも公開しておりますが、主人公の姉である『ロゼ姉』の視点で描く物語（巻末書き下ろし）は、基本的に書籍限定の予定ですので……書籍を読んで下さった皆様は、より一層姉のことを好きになってくれていることでしょう。多分ね。ちなみに、この作品のメインヒロインが『姉』なのか、『ルエル』なのか、その他の人物なのかは秘密です。続きを読みましょう。いずれ分かる時が来る筈です。一応明言しておきますが、主人公と姉は正真正銘の姉弟ですよ。

それでは、またお会いしましょう！

ここまで
読んでくれて
ありがとうございます！
by

がココにある。
私の従僕
私、能力は平均値
でって言ったよね！
二度転生した少年は
Sランク冒険者として平穏に過ごす
～前世が賢者で英雄だったボクは
来世では地味に生きる～
転生したら
ドラゴンの卵だった
～最強以外目指さねぇ～
戦国小町苦労譚
領民0人スタートの
辺境領主様
毎月15日刊行!!
https://www.es-novel.jp/

あなたの"好き"
反逆のソウルイーター
～弱者は不要といわれて
剣聖（父）に追放
されました～
転生した大聖女は、
聖女であることをひた隠す
冒険者になりたいと
都に出て行った娘が
Sランクになってた
即死チートが
最強すぎて、
異世界のやつらがまるで
相手にならないんですが。
人狼への転生、
魔王の副官
アース・スターノベル
EARTH STAR NOVEL

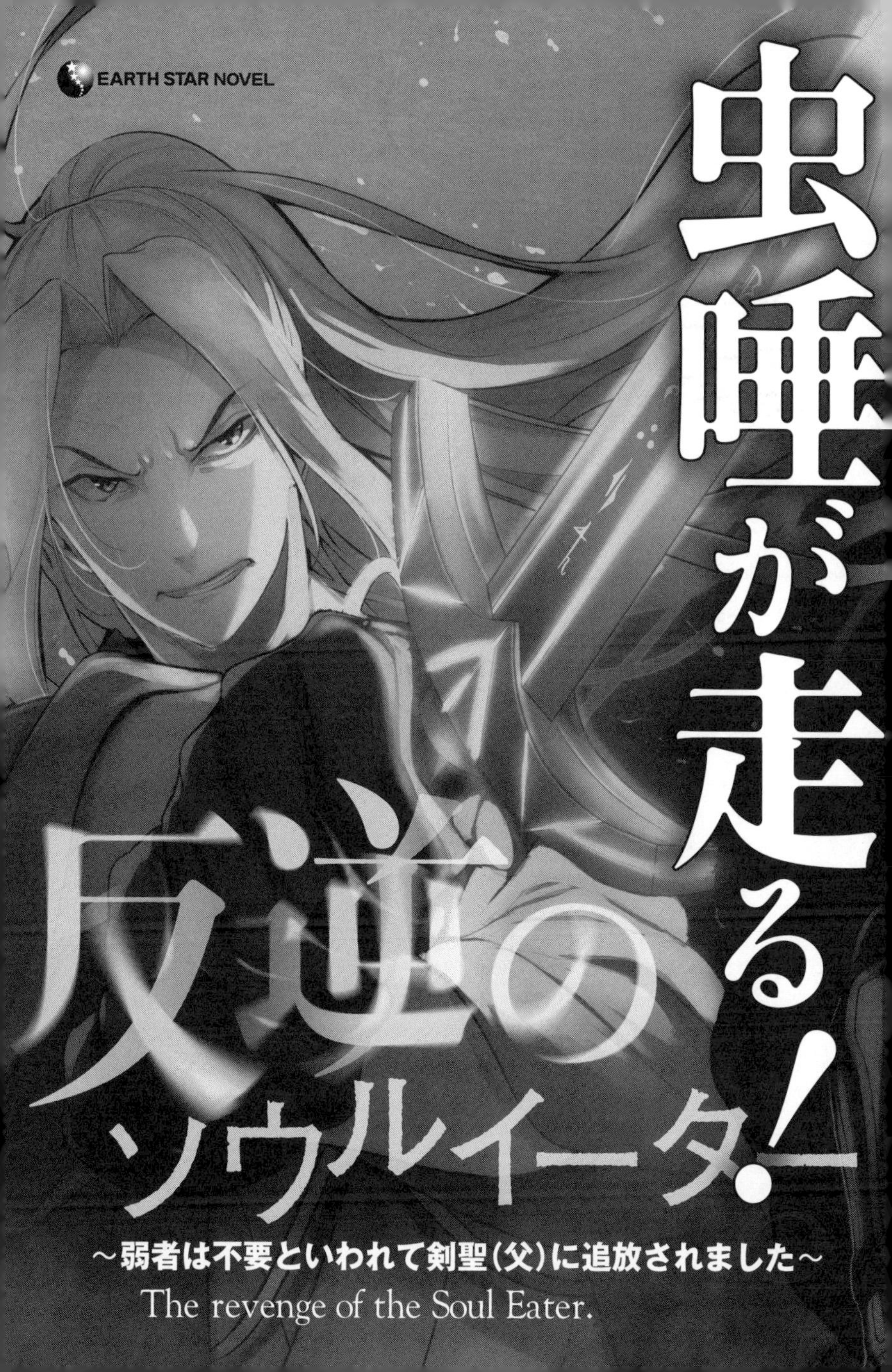
EARTH STAR NOVEL
虫唾が走る!
反逆のソウルイーター!
~弱者は不要といわれて剣聖(父)に追放されました~
The revenge of the Soul Eater.

EARTH STAR NOVEL

姉に言われるがままに特訓をしていたら、とんでもない強さになっていた弟 ～やがて最強の姉を超える～　1

発行 ―――― 2021年1月15日　初版第1刷発行

著者 ―――― 吉田 杏

イラストレーター ―――― スコッティ

装丁デザイン ―――― 石田 隆（ムシカゴグラフィクス）

発行者 ―――― 幕内和博

編集 ―――― 今井辰実

発行所 ―――― 株式会社 アース・スター エンターテイメント
〒141-0021　東京都品川区上大崎 3-1-1
目黒セントラルスクエア　7F
TEL：03-5561-7630
FAX：03-5561-7632
https://www.es-novel.jp/

印刷・製本 ―――― 中央精版印刷株式会社

ISBN 978-4-8030-1484-6